U0464959

在1989年第1届莫斯科国际少年儿童电影节上

愉快的座谈会之后

"比比谁劲儿大！"

"看镜头，笑一个！"

和孩子们在一起

和孩子们互动

与电视剧《第三军团》的小演员们合影

我们好像见过面

张之路 著

天津出版传媒集团
新蕾出版社

图书在版编目(CIP)数据

我们好像见过面/张之路著.--天津:新蕾出版社,2018.10(2019.12 重印)
ISBN 978-7-5307-6743-6

Ⅰ.①我… Ⅱ.①张… Ⅲ.①随笔-作品集-中国-当代 Ⅳ.①I267.1

中国版本图书馆 CIP 数据核字(2018)第 200808 号

书　　名	我们好像见过面 WOMEN HAOXIANG JIANGUOMIAN
出版发行	天津出版传媒集团 新蕾出版社 http://www.newbuds.com.cn
地　　址	天津市和平区西康路 35 号(300051)
出 版 人	马玉秀
电　　话	总编办 (022)23332422 发行部(022)23332351　23332679
传　　真	(022)23332422
经　　销	全国新华书店
印　　刷	北京盛通印刷股份有限公司
开　　本	880mm×1230mm　1/32
字　　数	110 千字
印　　张	5.75
版　　次	2018 年 10 月第 1 版　2019 年 12 月第 2 次印刷
定　　价	30.00 元

著作权所有,请勿擅用本书制作各类出版物,违者必究。
如发现印、装质量问题,影响阅读,请与本社发行部联系调换。
地址:天津市和平区西康路 35 号
电话:(022)23332677　邮编:300051

目 录

001　引子

003　第一个故事　要签名的小姑娘
　　　经典重读：一捆电线

016　第二个故事　金色的雨滴
　　　经典重读：在长长的跑道上

035　第三个故事　有趣的校名
　　　经典重读：小学生

044　第四个故事　"不好意思"的事
　　　经典重读：成长的苦恼

052　第五个故事　想法古怪的孩子
　　　经典重读：稀奇古怪的事情

062 　第六个故事　蜘蛛是昆虫吗?
　　　　经典重读:不要相信自己的眼睛

071 　第七个故事　环境与尊严
　　　　经典重读:静静的石竹花

089 　第八个故事　作文与做人
　　　　经典重读:遗憾的成熟

100 　第九个故事　我不愿意长大
　　　　经典重读:给十四岁女儿的一封信

109 　第十个故事　花帽子和大棚
　　　　经典重读:献花的故事

118 　第十一个故事　四十一封来信
　　　　经典重读:在牛肚子里旅行

125 第十二个故事　谜语的故事
　　　经典重读:诱惑与操守

132 第十三个故事　上学路上
　　　经典重读:珍惜我们的家

139 第十四个故事　孩子的礼物
　　　经典重读:牙刷和梳子

147 第十五个故事　孩子和家庭
　　　经典重读:关心与尊重之间

156 第十六个故事　伤心的老师
　　　经典重读:做个有眼泪的男人

163 第十七个故事　形容词的启示
　　　经典重读:作家来了

178　**后记**

引　子

2016年的秋天,我在浙江一所小学的操场上讲课,题目是《想象的力量》。

讲完课,我站在一棵很大的银杏树下看着逐渐散去的同学们。

一位年轻的女教师走到我跟前:"张老师,您还认识我吗?"

我有些不好意思地摇摇头。她调皮地微笑着说:"给个萝卜吃吃?"

我立刻明白了,这是听过我讲课的同学或者老师。"给个萝卜吃吃"的故事我讲了十几年,刚才也讲过,只要听了大家都会发笑,而且一定会记住这句话。

我笑了:"你以前也听我讲过这个故事?"

她点点头说:"您不是说过吗?再过十年,再过二十年,在座的小学生都长大了,女孩子长得更美丽了,男孩子长得更英俊了……可是模样都变了,不认识了。见面的时候如果觉得对方眼熟,一个同学问另外一个同学:'请问,你是哪位呀?'另一个同学就可以回答说:'给个萝卜吃吃。'……十年前我就是个小学生,今年刚到这个小学工作……"

望着眼前这位年轻的女教师,我想象着十年前,她是什么样子……

女教师递给我一本我写的书,翻开扉页,我不但看见了我的签名,还看见了我写过的一句话——

说话!勇敢!

张之路

我不由得想起十年前那个小女孩的模样。

…………

一片金黄色的小扇子样的银杏叶随风飘落,那叶子不经意地碰了一下我的手,然后徐徐落在地上。我得到一种启示,弯下腰捡起了那片叶子,说:"我想请你在上面签个名字,送给我……好吗?"

女教师惊讶而又欣喜地微笑着连连点头。

除了她的名字,她还写下了"2006—2016"的字样。

于是,我的笔记本里就有了一个"书签"——这是我的读者留给我的。看见这片叶子,我会海阔天空地想象一个人从小学生到青年教师那十年的时光,它也是我在校园十年"行走"的一个小小的标记。

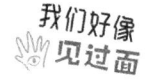

第一个故事　要签名的小姑娘

给同学们在书上签名,是件又愉快又辛苦的事情。

因为性格的不同、年龄的差异,站在我面前的同学也是各有各的特点,各有各的仪态。

有的默默地递上书,一旦签好便大呼小叫着跑开,以至于书里的书签掉在地上也不知道,而且怎么叫也叫不回来,因为他完全沉浸在得到签名的喜悦之中。

也有很大方的,一副见过世面的样子,递上书的时候说:"张先生,可不可以握个手?"我急忙把手伸过去。有的则简短地说:"握个手吧……"如果恰好没有桌子的隔挡,有些同学还会说:"拥抱一下好吗?"我马上就会回答:"好哇!"同时从座位上站起来,去迎接他。

当我和这些小小的暖暖的身躯近距离接触的时候,我常常想,每个心灵其实都需要爱的抚慰。这不光是他们对我的请求,也是我对他们的请求。

许多同学希望我能给他们在书上写段话,往往因为时间来不及,我没能满足他们的要求。有的同学就默默地等着全体同学都签完,非要得到这段话不可。

有的同学拿我写的书让我签名,有的则递过一个练习本或一张纸。孩子没有那么功利,他们完全是出于对你的喜欢和尊敬,或者只是单纯地想凑个热闹……

有一次我在外地讲课之后回到北京打开电脑看邮件,这样一段短文跳进我的眼帘。这是一个曾经让我签名的小姑娘写的:

张之路伯伯为我签名

张之路伯伯是一位著名的儿童文学作家,《霹雳贝贝》《魔表》《足球大侠》《空箱子》都出自他的笔下。

今天有机会去听他的讲座,真是我的幸运。讲座结束后,还有一个签名活动,我捧着《霹雳贝贝》这本书和自己的笔记本排在长长的队伍中等待着张之路伯伯为我签名。

很长时间过去了,还没有轮到我,我有些支持不住了。

因为这两天我生病了,脚下一点儿力气都没有……等啊等,终于轮到我了。我先把书递给了张之路伯伯,等张伯伯签完名,我又赶紧把自己的笔记本递过去,但我的喉咙实在发不出声音来。张伯伯看到递到他手中的不是一本书时,就抬起头来,看着我亲切地问:"告诉我,签在哪里?"我用手指了指翻开的地方。张伯伯笑着对我说:"怎么不说话呀?要勇敢一点儿,知道吗?"随后张伯伯低下头在我的笔记本上写下了这么几个字——

  说话!勇敢!

张之路

  回到家,我把张伯伯所签的这几个字贴到了《霹雳贝贝》的书上。
  也许张伯伯还以为我是因为胆小才不说话的,但是张伯伯的这几个字对我将是一种很好的勉励!

  看到这篇质朴的文章,我的眼前浮现出当时的情景和这个小姑娘当时的样子,她只是默默地递上她的书,没有一句话,我哪里知道她还有这么多的心思。
  他们还小,不会表达或者羞于表达。但是我深深地感到,无论是什么样的表现,他们递上来的都是一颗颗稚嫩的、天真的、纯洁的心。我在感到幸福和欣慰之余,也深深意识到自己的责任。

刚才说的事情,发生在2006年,一转眼,到了2016年。

怎么也没有想到——其实也应该想到,我们又见面了……十年过去了,当年的小学生现在已经成为年轻的教师。当她又站在我的面前时,我既高兴,又感觉到肩膀上那沉甸甸的担子。

在小学校园里经常能遇到让你心动的情景。

有一次,我在操场的领操台上让同学们提问题,还没看清谁在举手,只见来自不同年级的十几个孩子已经走到台上来。我站起身,请他们排好队,一个一个问。

轮到了第三个孩子——那是个四年级的男生。他走到我的面前说:"老师,您先坐下,我再问问题……"说着他就拉住我的手,把我往我的座位前面领,看着我坐下,他说:"您和我的爷爷同岁……"

在一个阴雨的秋天,我正给孩子们在书上签名,一个男孩子走到我的身后就开始给我捶背。我连忙说:"孩子,不要捶了……"他朗朗地笑了,说:"给老人家捶背是应该的……"

他的小拳头很有力道,手法很熟练,上下捶左右捶……大约有三分钟,上课铃响了,这个男生拍拍我的肩,小鸟一样地飞走了。

"给老人家捶背是应该的。"这天使般的声音一直回荡在我的耳边。

在这些孩子的身上,我看到了他们的家,看到了他们善良的亲人……

还记得到一个农村小学讲座,站在操场上,我能看见教学楼后面的大山,我的身后是水稻田……将近两千名学生坐在操场上,队伍很宽,视线所及,看见左边一年级的队伍就看不见右边六年级的队伍。

这所小学没有高出地面的台子,如果我坐在椅子上讲,队伍后面的同学就看不见我,我只好举着话筒站着讲。

我讲了一个小兔子吃萝卜的故事,然后问有没有同学愿意来讲一遍。

左侧一年级的队伍中有个小男生举手。

我招呼他到前面来,站到我的身旁。我发现他很可爱,但是个子很小,坐在操场后面的同学根本看不到他。于是我把他抱起来,让他站在椅子上,我站在一旁。

小男生拿着话筒开始讲故事。他口齿清楚,语速不急不缓。我们俩站在一起成了一道风景:一老一小,他站在椅子上和我一般高……许多老师走到前面举起手机拍照。

小男生讲完了,我面对全校的老师和同学表扬他。然后把他抱下来说:"谢谢,你可以回去了。"

小男生没有走,我又说:"谢谢,你回去吧……"

他突然蹲下来。我很奇怪。

小男生抬起胳膊,用他的袖子擦拭刚才他站过的椅子。那一刻,我又惊又喜,心里一阵感动。他那么小,却那么懂事。他那么小,却那么善良。这个年龄的孩子,在这种场合往往会紧张,顾不上去擦椅子……

这个小男生蹲在那里,擦得非常认真。

我说:"孩子,不用擦,没有脏,谢谢你。回去吧!"我扶起他,他转身跑回了一年级的队伍中。

我在全校同学面前再一次表扬这个小男生,心中如同看到希望一般豁然明亮。

那一天夜里,我做了一个梦。

我躺在宾馆的床上,那个小男生推门走了进来,他走到我的床边。

我惊喜地说:"孩子——你怎么来了?"

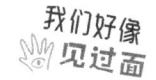

小男生对我说:"我就是您家的人哪!您当着那么多同学的面表扬我,我多不好意思呀!"

我家的人?!我很惊讶,心里一阵高兴,但也有点儿疑惑。

"我家的人?可爱的孩子,你是我的儿子,还是我的外孙哪?"

那一刻,我醒了,心里还有一片暖意。

我也是从小学生成长起来的,于是不由得想起我小时候发生的一件事,后来我把它写成了小说,请你们看一看——里面的那个孩子身上就有我的影子。

经典重读

一捆电线

孩子站在胡同当中的一个门口,已经整整一个小时了。

路灯亮了,它把光线泻在孩子的身上。于是在他的身后便留下了一个比他还要矮小还要瘦弱的影子。

春日的白天是暖融融的,可是一到夜晚便使人回忆起刚刚逝去的冬天。不过那会儿穿的是棉衣,而现在……孩子使劲抽了一下鼻子。

这不是自己家的门口,而是他上学经常路过的地方。那扇红漆有些剥落的大门总是关得严严的,里面是什么样子也不知道。他只瞧得见一棵高大的枣树从院墙里探出枝杈。秋天的时候便有红红的枣子缀在枝头,引得路过这里的孩子垂涎欲滴,捡起几块小石子儿往空中扔去,直到里面有人走出来喝住为止。而他却从来不干这种事情。他只想看看院子是什么样子,他只想知道那棵枣树有多粗多大,它怎么会有这么多的枝杈。

今天放学的时候,他又路过这里,顺便向大门看了一眼。那门居然半开着。于是他不由自主地登上台阶,探头向里张望。一堵巨大的影壁挡住了他的视线,他什么也看不见,只看到几个工人正站在影壁上架电线。孩子好奇地望了一眼,一个叔叔在空中大声吼了一句:"干什么的?小孩儿,快出去!"

孩子叹了一口气,转身往外走,正要走下台阶的时候,看见了一捆电线,整整一捆,扔在大门口石鼓的旁边。那电线是乳白色的、崭新的,刚刚撕开商标。孩子知道它的价值。爸爸在家里安台灯的时候,电线不够长,叫孩子跑到电器商店去买过两米。那叫花线。乖乖,一米要几块钱呢!……现在这些线该有一百多米吧,孩子说不清楚。

他不由得停下来……线放在这里是不大牢靠的。院里的人看不见,而胡同里来来往往的行人又这样多。他知道这胡同里有几个坏孩子,他们什么事情都干得出来。总爱欺侮人的那个大鼻涕经常到工厂去偷点废铜丝卖钱……孩子转过身,又推开了大门。一个叔叔正穿着脚扣在电线杆上拧螺丝,其他几个叔叔也不知哪儿去了。

"叔叔……"孩子小声说。

叔叔没有听见。

"叔叔!"孩子大声说。

"干什么?"叔叔回过头,带着几分蛮横的口气说。

"那捆电线放在外面会丢的!"孩子说。

"没人偷!谁敢偷哇?要偷也是你!"那叔叔头也不回。孩子感觉得到,如果那叔叔转过头来,脸色一定是很凶的。他可能根本不知道电线放在什么地方。

孩子难过地从大门口退了出来。他准备回家了。他甚至愤愤地想,丢了你就后悔了,活该!活该!

可孩子走了两步,又忍不住回过头。那捆电线静静地躺在那里。孩子停住脚步……万一,真的有人把电线拿走了……这么多电线,多可惜……叔叔还要到别处架线呢……

孩子又慢慢走上台阶,他想:说不定那个叔叔忙完了这一阵就会到大门口来取走他的电线,再说别的叔叔也会来的,刚才院里有好几个人呢!

孩子就这样呆呆地站着。过了一会儿,他不愿意让过路的人注意到他,于是装作若无其事地在大门口溜达。他抬起头,看见了那棵伸出高墙外的枣树的枝杈。咦?那上面还挂着一颗过了冬的枣子,浑身皱皱巴巴的样子。风儿吹过,枣子寂寞地晃来晃去,一副可怜巴巴的样子。孩子想:下过大雨,也刮过大风,别的枣子都掉了,为什么它单单留下了呢?好容易他才想通了,一定是这颗枣子太小了、太轻了,它和树枝连得又特别牢固……过路的叔叔走过来,奇怪地看着他。孩子怕被人误会成贪吃枣子的馋鬼,赶紧低下头,走开了。

路灯已经亮了半天了,行人渐渐稀少了,肚子也开始咕咕地叫了起来。孩子把书包抱在胸前,这样暖和一些。再不回家去,妈妈一定又要骂了。对了,该回家了。可是电线怎么办呢?他们怎么还不出来呀?要不,把电线放

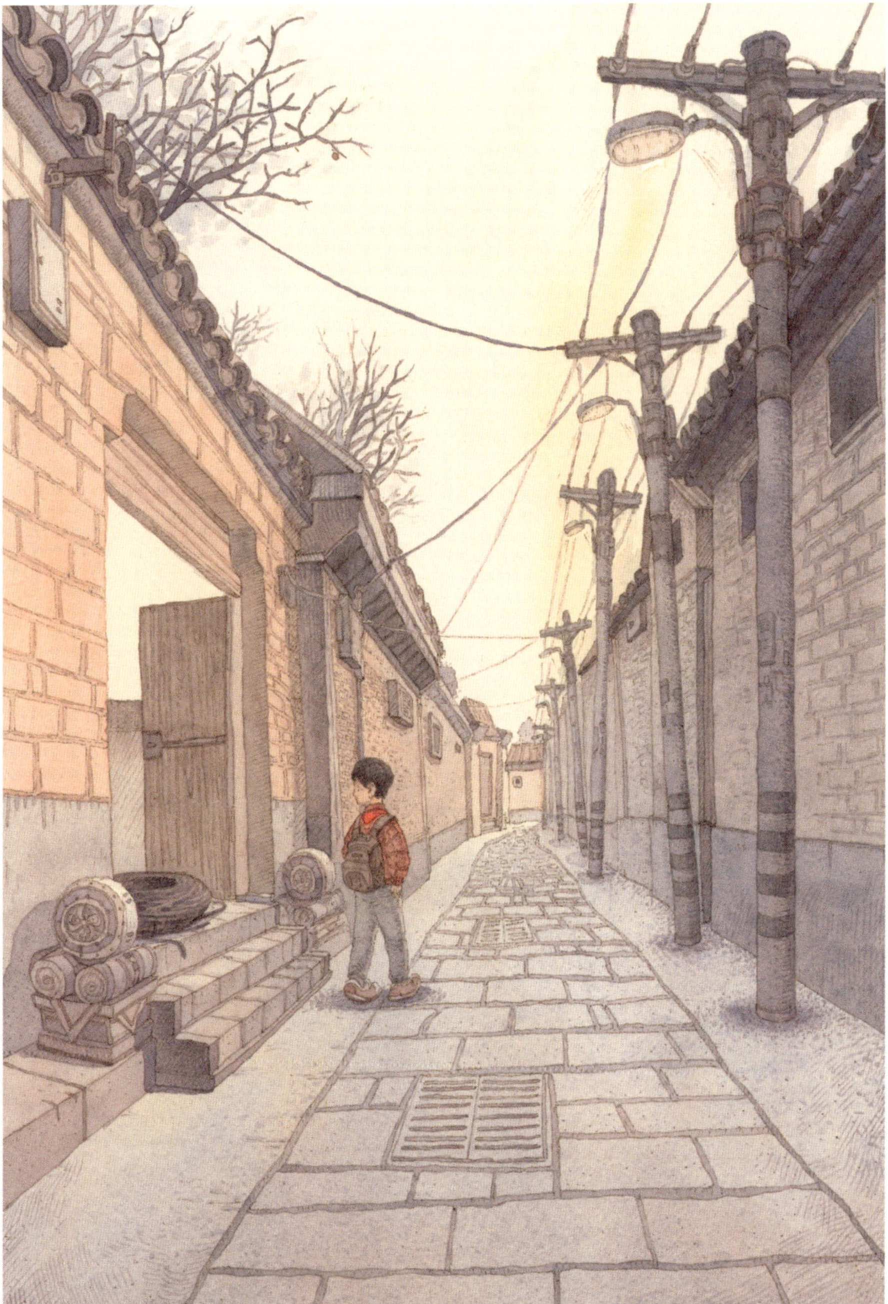

到院子里去？孩子这样想着。

就在他去拿电线的一瞬间，他犹豫了。他想起了一件事情。

那天傍晚，爸爸不知在哪儿喝醉了酒回到家，一头栽到床上。孩子给爸爸脱鞋的时候，钱包从爸爸的口袋里滑了出来，几枚硬币像银白色的小轮子骨碌骨碌滚到了床底下。

孩子把钱包拾起来放到爸爸身边，然后俯下身子像小狗一样爬到床底下捡出两枚硬币。当他正要把钱塞到爸爸钱包里的时候，妈妈从厨房里走了出来……站在那里看着他。

不知为什么，孩子变得十分恐慌。虽然没有做错事，但他觉得脸在发烧。在妈妈看来，他一定脸红了。要知道，不一定非要做错事脸才红啊！

整个晚上，妈妈的心情非常不好，她把门摔得砰砰响。孩子一句话也不敢说，不知是因为爸爸喝醉了酒，还是因为刚才……

睡觉了。蒙眬中，孩子看见妈妈正在悄悄地翻他的衣兜和书包……妈妈放心地走了，孩子却伤心地哭了……

现在，当他的手刚要触摸电线的时候，他又想起了

013

那令人不愉快的一幕。要是万一这时候大门开了，有人走出来……孩子把手缩了回来。

再等五分钟吧！说不定马上就会有人走出来。那些工人叔叔也要吃饭哪！

胡同里一个人也没有了，空气中混杂着各家煮饭炒菜的香气。孩子使劲咽一口唾沫。

一个收购酒瓶的人推着装满酒瓶子的自行车边走边喊："有酒瓶子的卖哟？"他把车停在了孩子的面前，点起一支烟，蹲在地上慢慢抽着，过一会儿喊一句："有酒瓶子的卖哟？"可是仍然没有一个人出来。

孩子不感到寂寞了。

收酒瓶子的人拿起一个白瓷带红商标的酒瓶对孩子说："有这样的瓶子吗？一块钱一个！"

孩子摇摇头。

收酒瓶子的烟抽完了，骑上车走了，胡同里又陷入了一片寂静。

叔叔们怎么还不出来呀！再等一小会儿，再等一小会儿……孩子已经站了两个多钟头了。

终于，那扇大门开了，几个叔叔扛着脚扣和木梯从大门里走出来。他们把东西扔到一辆三轮板车上。

孩子走到跟前说："叔叔，那儿还有一捆电线。"

一个叔叔没事似的把电线从地上捡起来,扔到车上,随口说:"小孩儿,还不回家呀,小心你爸爸揍你!"

另一个叔叔说:"现在的孩子呀!真够呛!"

三轮车走了,孩子的心里像一块石头落了地一样踏实。他慢慢地向自己的家走去。他的家并不远,出了这条胡同,再往右一拐,一个临街的小门里,就是他的家。

第二个故事　金色的雨滴

暑假结束,刚刚开学,我在一所小学的操场上讲座,看见一个男孩子坐在整个队伍的右前方。他好像格外受到照顾,又似乎不属于任何一个班级,因此显得非常突出。讲完了,我走到他的跟前,才知道这是一个有些残疾的孩子。他瘦弱矮小,步履蹒跚——好像是小儿麻痹症引起的肌肉萎缩……

我抱起他与他合影。我问他:"孩子,你有什么愿望?"

他看着我,有些羞涩,然而很清晰地说:"许多人帮过我,可是我没有能力帮他们……我希望天上有种金色的雨滴。当我心里特别想谢谢一个人的时候,一滴金雨滴就会落到那个人的肩膀上,变成一颗金色的小星星……让他知道有人在感谢他……"

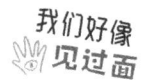

这个孩子的话让我惊讶和感动,也像一阵暖风吹进我的心中。

我也想有那种神奇的温润的"金雨滴",让好人知道这个世界是有情有义的,让我们也有个寄托感谢的地方……

说起特殊儿童,我清楚地记得,有一次我在一个大礼堂里讲课,校长事前告诉我,礼堂前面靠大门口的两排座位上,坐着二十多个智力残疾或患有自闭症的孩子,他们自成一个班。校长说,让他们和普通孩子共同生活学习,有利于他们的成长。

我一面讲课,一面关注着他们。我在心中默默祝福这些孩子,同时为他们的学校、为他们的老师点赞叫好……

有位优秀教师,他姓时,时老师告诉我们,生活在普通儿童群体中的特殊儿童需要班主任给予特殊的关照。时老师的做法是:一、建立学生互助小组,组织课外活动,让特殊儿童和普通儿童相互学习,共同进步,从而增进友谊;二、严爱结合,人们容易对特殊儿童产生怜悯、同情的心理,所以往往对他们采取放任自流的态度,但这会使特殊儿童逐渐失去自信心;三、创造条件,让特殊儿童充分发挥特长,让他们找回自尊,树立自信,全面发展,成为与时代同进步的人……

20世纪70年代,我也曾当过中学老师,在我的班上就有一个各方面都挺好的女孩,因为小儿麻痹症,两腿不能正常活动。班上有几个女同学经常帮助她,她们背着她、用轮椅推着她上学,她们是好朋友、好姐妹。电台和杂志都报道过她们的事迹……高中毕业后,这个女孩没能进入大学,我至今为我的这位学生感到惋惜……但让我欣慰的是,她没有灰心,没有消沉,她勇敢地面对生活,自强不息!她自学大学课程,在力所能及的范围里,闯出了自己的一片天地。

经典重读

在长长的跑道上

一

两所学校离得是那么近,只隔一条马路。

路东的华大附中,听说早先是一座王府。院子里的大殿、厢房、花厅、游廊错落有致。几棵参天的松柏和百

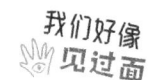

年的银杏,更使校园显得典雅、幽静。加上去年这里被定为区重点,周围的孩子们都以能考上华大附中为无上的光荣。

相比之下,路西的培新中学就寒酸多了,只有孤零零的一座五层红砖楼房,学生的录取分数也比华大附中低。这就使培新中学的学生难免有些自惭形秽。

这一天课间操的时候,培新中学初一(2)班的值日生凌小成和刘铁锁在教室里搞完卫生,一起来到了五楼楼顶的平台上。

刘铁锁身材高大,又黑又壮,凌小成则显得又瘦又小。

"小成,趁这空儿我教你两手……像你这样的小个儿,只有攻对方的下三路才能占点便宜……"刘铁锁拉开架势招呼凌小成说。

凌小成没有回答,只是呆呆地望着对面华大附中的操场。

一个月以前,他仅以一分之差没有考上华大附中。不用说华大附中那幽静的校园,也不用说华大附中那藏书丰富的图书馆,只要想一想去年华大附中有七十一个人考上了大学,就令人十分羡慕。而培新中学呢?唉!差点儿剃了光头。

最让凌小成窝气的是二毛居然也上了华大附中,他平日的成绩不如凌小成,可就是中考时多了那么一分。还有那个胡愈,不就是沾了他妈妈在教育局工作的光吗!

想到这儿,凌小成心里涌出一股说不出来的滋味:"去去去,下三路,就你能耐大!"

刘铁锁举起手照着凌小成脖子上拍了一下,跑了。那边华大附中的学生还在操场上集会,好像是他们的校长在讲话。凌小成好奇地张望着,只见校长将一包包东西发给大家。刚开学就发什么奖呢?

凌小成猛地发现楼道里一点儿声音都没有了。坏啦!上课啦!他连忙跳下楼梯。

平日里,小成对地理课最感兴趣。可今天不知是怎么了,他总静不下心来,也不知老师讲了些什么。

"凌小成,你说说世界上最高的山峰叫什么名字?"这是张老师在提问。

"华大附中。"

哗的一下子,全班都笑了起来。凌小成的小脸唰的一下变红了。唉!再没有比这更丢人的事啦!他真恨不得打自己两个嘴巴。

张老师皱起了眉头,但当看到凌小成那副羞愧和难

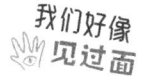

过的样子时,他又微笑了,摆手让凌小成坐下。

突然,张老师指着自己的鼻子大声地发问:"同学们!你们看,这是什么?"

顿时,教室里安静下来。同学们都瞪大了眼睛,望着张老师的鼻子。咦?那鼻子上什么也没有哇!张老师故意停了一会儿说:"这就是世界上最高的山峰——珠穆朗玛峰。"教室里又是一阵大笑,但张老师一本正经地接着说:"如果把我的鼻子比作珠峰的话,那么,我的嘴就是世界上最深的马里亚纳海沟……"同学们一下子都被张老师吸引了过去,仿佛把凌小成忘了一样。

看着张老师那清瘦的面容和那条来回摆动的瘦瘦的长胳膊,凌小成的嗓子眼儿不由得一热。他觉得张老师是那样了解他,又是那样体谅他。凌小成的眼眶有些湿,可他又觉得男子汉不应该掉眼泪。于是他挺直了身子,心里想,有这么好的老师,即使在培新中学,我也一定要当个好学生……

二

中午放学了,两个学校的学生就像潮水一样涌到马路两侧的便道上。忽然,凌小成眼前一亮,他看见一个学生胸前戴着闪闪发光的小白牌。啊!那是华大附中的新校徽。

"凌小成,回家呀?"二毛平日里总是驼着背走路,今天好像做了整形手术,胸脯挺得老高,还故意扯了扯衣角。胡愈更像个大人物似的点头微笑。

凌小成没答话,只是点点头。阳光下,那校徽亮得让他睁不开眼睛,又仿佛是一块重重的石板压在他的心上。

这一天晚上,凌小成可真是玩儿命了。吃晚饭的时候,他让爸爸用毛笔在白纸上写了四个大字"发愤读书",用图钉钉在床头。又暗自下了决心,每天除了做完学校留的功课之外,还要做五道《中学生自学丛书》上的数学题,外加写一篇观察日记。

大约九点钟的光景,凌小成完成了学校的作业。为了不影响奶奶睡觉,他搬了一个凳子到厨房,用切菜的小茶几当桌子,就开始实行他的伟大计划。第一道题还算顺利,凌小成心里一阵高兴。第二道题有点儿麻烦,想着想着,困劲儿来了,上下眼皮开始打架。凌小成挣扎了几次都不管用,他不想习题了,开始想用什么方法才能不犯困。有啦!他悄悄推开屋门,取出茶叶罐,泡上一杯浓茶。茶水烫得要命,可凌小成等不及了,吹着气喝了下去。他又重新翻开那篇习题。可刚刚看过一遍,眼前的字又跳起舞来。气得凌小成又倒上一杯,咕咚咕咚喝了下去,不一会儿就觉得浑身冒汗。但都是瞎耽误工夫,刚一拿起书又困。

凌小成一回身看见水龙头,就把脑袋伸过去,哗哗地冲了一遍,等他坐在凳子上的时候,水还往书本上滴呢!他觉得脑袋倒是凉凉的,可就是有点儿发木。那个第二题里肯定藏着一个能叫人睡觉的小妖怪,要不怎么一到那个地方就困呢!

爸爸打鼾的声音从屋里传出来。凌小成真想马上倒在那张软软的床上去睡觉,可是一想,如果真去睡了,怎么能叫发愤读书呢?

突然,他想起了,许多人都说抽烟能提神,抽支烟可能就不困了。屋里小柜橱下面的抽屉里有一盒,那是专门招待客人用的。凌小成蹑手蹑脚地走进屋打开了抽屉,开始摸索。他的手摸到了烟盒,心中好高兴。他赶快来到厨房,拿出一支烟放在嘴里,点火的时候,他吸了一口,好家伙,这一口差点儿没让他背过气去,他剧烈地咳嗽起来。

"怎么回事?"这是爸爸的声音。凌小成急忙跑到厕所里去。

厕所的门开了,爸爸披着衣服站在门口。凌小成还

023

没来得及说话,脸上就重重地挨了一下。在凌小成的记忆里,这是爸爸第一次打他。他站在那里没有动。妈妈、奶奶都起来了,虽然她们拉住了爸爸,但是没有人袒护他,凌小成给带到了屋里。

当爸爸在外面转了一圈回来之后,他的神色变了。他看着儿子湿漉漉的头发,鼻子有些发酸,含混地说:"睡吧!明天再说……"

第二天早晨,大人们醒来,发现凌小成趴在厨房的茶几上睡着了,旁边有一杯已经冲泡得没有一点儿颜色的茶,他的头发把桌上的书本弄湿了一大片。

三

这一天,中午放学的时候,凌小成上了四路电车,拣了一个靠前门的单座坐下。他看见二毛和胡愈从中门上了车,一屁股坐下,然后就兴高采烈地谈论着学校的事情。

车上的人越来越多,到了南花园站,从中门上来一位拄着拐杖的老爷爷。售票员喊起来:"哪位年轻人给这位老爷爷让个座?"凌小成回过头来,只见二毛和胡愈说得越发带劲了。电车突然刹了一下闸,老爷爷差点儿摔倒。二毛他俩也向前一拥,挤在一堆。"哈哈哈,真好玩儿……"他俩仍坐着不动。

凌小成站起来,大声招呼着:"老爷爷,您到这儿来坐!"说着过去搀扶老爷爷。

老爷爷坐定了,从口袋里掏出手绢,一边擦着汗一边问:"小同学,你是哪个学校的?"凌小成没有说话。

"告诉我,我不会给你写表扬信的!"老爷爷爽朗地笑着。

凌小成红着脸小声说:"培新中学。"

"好!培新中学培养的学生好!"老爷爷竖起大拇指激动地说。

一瞬间,凌小成觉得自己的心猛跳了一下,一股暖融融的东西流遍了全身。他没有想到,这么点小事会给培新中学带来这么大的荣誉。

下车的时候,二毛和胡愈跑了过来,学着老爷爷的腔调:"培新中学就是好!"

"什么意思?"凌小成停了下来。

"没什么意思。你怎么不戴校徽呀?嘻嘻……"二毛做了个怪相,拉着胡愈就走。

"不像你,戴着校徽给学校丢人!"

"你是羡慕还是嫉妒?"二毛仍旧在笑。

凌小成气得说不出话,狠狠地瞪了他们一眼。二毛和胡愈走了,走着走着却有辙有韵地说起快板儿来:"培新中学校,人人都知道,老师是白薯,学生是山药。"

凌小成觉得自己的血一下子涌上头顶,多少天的辛酸和委屈一齐化成了愤怒。他大喝一声:"站住!"

二毛和胡愈转过身来:"你要干什么?"

凌小成走上前来:"你敢再说一遍?!"

"说一遍就说一遍!"二毛摇头晃脑地又说了一遍。还没等他说完,啪的一声,凌小成使劲一推,二毛差点儿摔了个大跟头。于是,一场打架就这样开始了。

凌小成又瘦又小,当然不是二毛和胡愈的对手。一会儿,二毛就骑到了凌小成的身上。

民警叔叔来了,他们都给带到了派出所……

张老师到派出所来领他。眼泪在凌小成眼眶里打转,他觉得自己对不起老师,也给培新中学丢了人。

一路上,他几次想对张老师承认错误。可是,张老师没理他。路过副食店的时候,张老师进去买了两个面包,递给他一个。凌小成再也忍不住了,他一下子哭了出来:"张老师,我对不起您,您处分我吧!"

张老师依旧没有说话,只是到校门口时,才淡淡地说:"先上好下午的课吧。"说完就走了。

凌小成惴惴不安地熬过了一个下午。到了第二天早上,他想,早自习的时候,张老师一定要讲这件事。可是张老师却像没有发生这件事一样。第四节是地理课,离下课还有大约十分钟的时候,张老师合上书本,望着大家严肃地说:"现在,我要讲一件事情!"

刘铁锁用胳膊碰了碰凌小成:"注意!警报!"凌小成立刻低下头。他知道,那个可怕的时刻终于到了。他没有勇气再去看张老师的眼睛,只是等着张老师点他的名字。

张老师从黑板前踱到了教室后边,又慢慢地从教室后边踱到前边。同学们的目光一齐追随着他。大家知道,这是张老师最激动的时候,就连最调皮的学生也大气都不敢出。最后,张老师在讲台前站定,猛一转身,凌小成的心都快跳出来啦。张老师终于开口了,他说:"现在,我来讲一讲天然宝石形成的过程……"

同学们长长地出了一口气,凌小成发现自己的手心里都是汗水。

张老师慢慢地讲,像是在继续他的地理课:"天然金刚石是所有宝石中最难得的一种,它们被人类誉为稀世之珍。可是,它们却是由最普通的碳元素构成的。几千万年以前,普通的纯碳和地下深处炽热的岩浆沿着火山下的管子也就是火山颈一起向上冲。由于火山口经常被堵死,这些温度高达两千摄氏度的岩浆在巨大的压力下冷却,纯碳便在高温和巨大的压力下,结晶成天然的金刚石……"

突然,张老师的声调变得高亢起来,他的语音中充满了无限的激情:"同学们,人生的道路是艰难曲折的。我们人也应该像一块金刚石一样,只要经得起高温,经得起巨大的压力,不自卑,有信心,我们就一定会变得坚硬无比、熠熠生辉……"

凌小成发现张老师的眼中有泪花在闪烁,声音也变得颤抖起来。张老师突然大声地发问:"同学们!你们明白我的意思吗?"张老师往日那严肃和镇定的目光没有了,他简直像孩子一样露出了一种渴望的目光。

同学们仿佛都受到了感染,大家今天好像都变得聪明起来。教室里响起了低沉而又发自肺腑的声音:"明白……"

"我谢谢同学们,谢谢啦……下课!"张老师似乎要哭出来了,凌小成却真的哭了。两行热泪顺着他的脸颊流下来,掉在课桌上。

四

炎热的夏天过去了,一年一度的秋季运动会来临

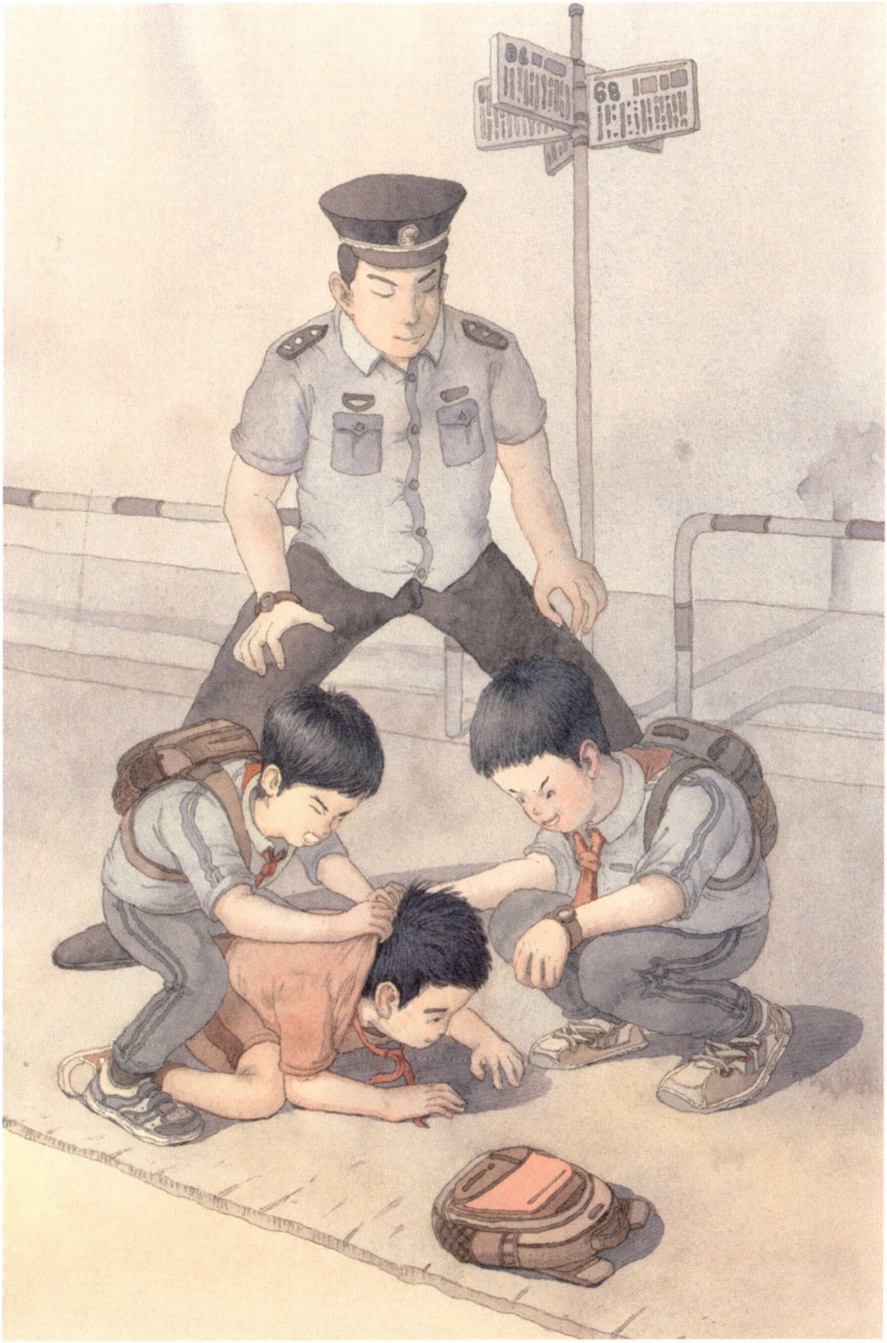
68

了。因为没有大操场,华大附中、培新中学,还有市重点第一中学借了华大附中的操场共同举行运动会。

　　培新中学的同学个个心里憋着一股劲。他们虽然嘴上不说,心里却在想:我们的学习成绩不如重点学校,可是我们身体不弱呀,运动会上一定要见见高低。

　　在伙伴们的怂恿下,刘铁锁报了三千米长跑。凌小成因为瘦小,没有报任何项目。他负责给大伙儿当后勤,借跑鞋,送开水,看衣服。同时,凌小成还有他的秘密武器,跟谁都没说。他用自己的全部积蓄买了十二块巧克力,准备送给运动员,增加点热量。

　　运动会那天,天气真好哇!湛蓝湛蓝的天空上,飘着几朵薄薄的白云,透过白云甚至可以看到蓝天。

　　张老师穿着一身崭新的灰色中山装,胸前戴着学校新发的闪闪发光的校徽,领着初一(2)班的学生坐在主席台的东侧。

　　随着昂扬的乐曲,各校运动员入场了。重点中学毕竟是重点中学呀!那队伍整齐得就像豆腐块。当然,培新中学的运动员也不含糊,他们虽然穿的是普通的白上衣、蓝裤子,但是步伐坚定,信心十足……

　　比赛开始了。枪声一响,凌小成就开始忙活起来,为大家前后奔跑着,然而他的耳朵却一刻也不曾放过广播中的每一个声音。

运动项目一个接着一个,两个小时过去了。凌小成万万没有想到,重点学校的同学不光学习成绩好,运动成绩也那么好。第一名、第二名不是华大附中的就是第一中学的。只是偶尔在第三名、第四名里听到一声培新中学的名字。凌小成几乎要哭出来了。他盼望许久的这一天没想到竟是这样度过的。

最后一项——三千米长跑就要开始了。

凌小成发现刘铁锁还坐在张老师的身后一动不动。他赶忙跑过去:"铁锁!该你啦!"张老师也回过头来:"铁锁,怎么还不去呀!"

"张老师,我肚子疼!"刘铁锁小声地说。

"真的吗?"

"嗯……"

过了一小会儿,张老师又和蔼地说:"铁锁,就是得了最后一名也不要紧,咱们培新初中组就报了你一个。"

"我真的肚子疼!"刘铁锁大声说。

张老师的眼光变得暗淡下来:"好!披上衣服,不要着凉。"

广播里在招呼培新中学的运动员。刘铁锁没有动,张老师也没有说话。凌小成看见全场的目光好像探照灯一样朝着他们这边扫射过来。他觉得有一股炽热的东西在胸中燃烧,使他透不过气来。一瞬间,不知是一股什么神奇的力量在后边猛推了他一下,凌小成跳到张老师的面前说:"张老师!我去跑!"

张老师吃惊地看着眼前这个身高只有一米五的瘦小男孩,仿佛今天才认识他一样:"你不行,会累坏的……"

"不!我行!"凌小成几乎是喊了出来。

"可冒名顶替是违反比赛规则的!"

"您去替我说说,总不能让三千米里没有培新中学的人哪!那多丢人!"

张老师的眼睛一下子湿了,他倏地站起身来,拉着凌小成向检录处跑去。

五

大会同意了张老师的要求,凌小成就穿着背心、长裤站到了起跑线上,他个子最小,而且是唯一一个没有穿短裤的运动员。

枪声响了,凌小成像个小兔子似的蹿了出去,过了一会儿,当他觉得有些气喘的时候,才发现周围没有人。他吓了一跳,是不是自己抢跑啦?他回头望了一下,这才发现其他的人被自己落下有二十米。对啦！这是三千米的比赛呀！他将要沿着这个四百米的跑道跑上七圈半！刚开始,怎么能跑得这么快呢？可是他又一想,不行！自己肯定不是那些运动员的对手,得先跑出一点儿富余再说。于是他又拼命向前跑去,可是腿已经不听使唤了。他觉得空气好像也变得稀薄起来,他开始大口地喘粗气,两条腿也沉甸甸的抬不起来了。

当凌小成跑到拐弯处的时候,一个穿蓝色运动衣的同学超过了他。凌小成知道这是第一中学的。然后又是一个红色的,紧接着又是一个蓝色的,又是一个……凌小成想"咬"住他们,可是不行,他眼巴巴地看着后边的人一个个跑过去。他的后边一个人也没有了。

忽然,凌小成看见张老师就站在跑道旁边,离他是那么近,几乎一伸手就可以摸到。张老师的嘴一张一合的,不过说什么他也听不清。他只看见张老师胸前的校徽一跳一跳的,就像一团燃烧的小火苗。

这会儿,凌小成已经跑完一圈,他有一种夏天那样又热又闷的感觉。他的肚子开始疼了,视线也变得模糊起来。当他经过主席台的时候,他看见一群观众站了起来,高举着拳头在喊着什么。他不知道,那是初一(2)班的伙伴们在为他加油。

几圈啦？凌小成记不清了，他只知道那些蓝色、红色的影子又一次超过了他。凌小成开始做算术。他在想，如果自己一步能跑一米的话，那么跑三千步，就能到达终点了。他开始数数，一、二、三……一百、一百零一……真长啊，蓝色的影子已经到达了终点，红色的影子也走下了跑道。他好像听见张老师在很远的地方喊："坚持！凌小成，还有两圈！"运动场上只剩下凌小成一个人了，有人开始嬉笑，甚至有人吹起了口哨儿。就连重点学校的同学也喧闹起来，指指点点地看着凌小成就像一只可怜的小乌龟在那里爬行。当然，凌小成什么也听不到，看不到，他的眼睛被汗水遮住了，他只知道，他不能停下来，他要勇敢地跑下去。跑着跑着，他的脚踏到一个土坑里，他只觉得腿一软，无力地倒在跑道上。凌小成真想就这样被人抬下去。

可是，他突然想起了，他还没有到达终点，他怎么能躺下呢？必须爬起来，爬起来！一、二、三，凌小成！你这是代表培新中学在跑哇！一定要爬起来！

当人群围过来准备搀扶他的时候，凌小成就像一只受伤的小鹿，挣扎着站起来又继续前进了。

顿时，喧闹的运动场安静了下来，只有风儿吹动彩旗的哗哗声。几千双眼睛都在望着凌小成，仿佛在那里跳动奔跑的不是运动员,而是一支正在熊熊燃烧的火炬……

跑道没有了,凌小成的眼前出现了一道人墙。无数的校徽在晃动,它们像晶莹的水珠在太阳光的照射下闪闪发光。到处是友好而热情的笑脸,在这些笑脸中,他似乎也看到了二毛和胡愈。

张老师一把抱住了越过终点的凌小成,眼睛不由得湿了。

凌小成挣扎着用手抹去流进眼睛里的汗水和涌出的泪花。他难过地说:"张老师,我到底还是跑了第末……"张老师打断他的话,激动万分地说:"不!孩子,今天,在我的心目中,在全体同学的心目中,你是第一!真正的第一!"

凌小成抬头望着眼前,只见金色的阳光正洒在长长的跑道上……

第三个故事　有趣的校名

就像每个人都有名字一样,每所学校也都有自己的名字,人有重名重姓的,学校也有重名的。

全国几乎每个城市都有"实验小学"。如果"实验"的名字不够用了,还有实验一小、实验二小、实验三小等。这些学校大多是城市里最受重视的学校——师资力量强、硬件设施好,所以大家都争着上……

老一些的学校都有六十年左右的历史。从名称上来说,这些学校代表着实验、尝试、改革的功效。不过,实验是有阶段性的,总不能一直实验六十年。所以现在"实验小学"在很多人看来更多的是好学校的代名词。

除了实验小学,还有一些学校叫"附属小学",那也是好学校的代名词,因为它们总与名牌大学相关联。比如在北京,"北大附小""清华附小""师大附小""人大附小"……都是些响当当的名字。

除"实验"和"附小"之外,以所在地为名的小学也有很多。比如北京有"北京小学",上海有"上海小学"。

还有些用人名命名的学校,文化名人尤其多。比如杭州市的"夏衍小学"、绍兴市的"鲁迅小学"、绍兴市上虞区的"金近小学"、桐乡市的"茅盾实验小学"、盐城市滨海县的"韬奋希望小学",嘉兴市海盐县的"三毛小学"——这个"三毛"是画家张乐平笔下的艺术形象。

杭州市还有以科学家茅以升命名的"茅以升实验学校"。茅以升的孙女茅为蕙还向学校捐赠了一架钢琴。她献给学校的题词很感人:

> 如果你们当了音乐家,我就是你们的听众;如果你们当了医生,我就是你们的病人……

有些以名人命名的学校里有一座塑像,上面还写着格言警句。桐乡市茅盾实验小学茅盾塑像上的题词:厚德博学,立志成才!绍兴市鲁迅小学鲁迅塑像上的题词:横眉冷对千夫指,俯首甘为孺子牛。

北京还有以抗日名将张自忠名字命名的"北京市自忠

小学"、以抗日名将赵登禹名字命名的"北京市赵登禹学校"。

还有许多受邵逸夫先生捐助的学校以他的名字命名。

用人名命名学校,既能让孩子记住我们的历史,又有文化韵味,何乐而不为呢?

除了校名,有些学校里的道路和建筑都被取了有趣的名字。

小学校的设施与当地的经济条件有关,就像我们老百姓过日子,有的家庭阔一些,有的家庭穷一些,但是家里收拾得怎么样,那就要看校长——学校当家人的追求了。有电梯的小学不多,估计是担心学生的安全,爬楼梯也可以让学生锻炼锻炼,当然安装电梯的费用也不能不考虑呀!

我去过江苏的一所小学,学校里有七栋楼,分别用北斗七星来命名。校园内的十大主干道,则分别以十大国外经典著作中的典型形象命名,它们是:彼得潘路、小王子路、波丽安娜路、鲁滨逊路、海伦·凯勒路、苏菲路、花婆婆路、犟龟路、夏洛路、萨哈拉路。

每条路都有深刻的寓意:

小王子路(担当责任):无论何时,都要记住自己承担的爱与责任。

犟龟路(坚持梦想):心有梦想,行有坚持,只要上路,就一定能遇上庆典。

夏洛路(诚挚友谊):像夏洛那样去对待生命中的每一个人。

苏菲路(启智思辨):哲学,让生命从混沌走向智慧。

鲁滨逊路(勇敢无畏):智慧果敢,有勇气去克服困难、挑战自然。

彼得潘路(享受童年):童年是人生最美的乐章,要珍惜,要尽情享受。

萨哈拉路(亮出自我):每个人都可以成为一切美好事物的中心,拥有自己的梦想舞台。

波丽安娜路(宽容乐观):心怀感恩,永远保持阳光心境。

海伦·凯勒路(自强不息):面对困境,不屈不挠,黑暗的生命也可以迸射阳光。

花婆婆路(播撒美丽):播撒一路的美丽,让世界因自己的存在而更加美好。

我当时有个强烈的感觉,好是好,要是有条以中国儿童文学作品中的人物命名的路就更好了,中国也有不少经典的好作品哪!

去年,我来到另一所也很重视校园文化的学校。进了校门,一小块水域旁边立着一块太湖石,上面用绿字书写着"雅泉"。

右边主路有个路牌写着"真趣路"。我问老师何出此名,老师说,取"童真童趣"之意。

通往食堂的路写着"芳径"。芳径前一块石碑上写着杜甫的诗《江畔独步寻花》:

黄四娘家花满蹊,千朵万朵压枝低。
留连戏蝶时时舞,自在娇莺恰恰啼。

这几句诗固然美,但写在通往食堂的路上总觉得有些不合时宜。但是我想了又想,总不能说"要想学习棒,青菜要跟上,要想身体好,吃饭要吃饱"吧。

哈!这些话是不是太"俗"了?是俗是雅,校长一定有更好的选择。

我的小学时光是在北京的"北师二附小"度过的,它不是北京师范大学的附属小学,而是北京师范学校的第二附属小学,名头没有大学附小大,但它是一个很好的学校。我记得进了校门就会看到一面镜子,老师说它叫整容镜,小朋友可以在镜子前面看看自己的衣帽是不是整齐、是不是干净……直到今天,我仍然希望每个学校的入口处都有一面整容镜。

经典重读

小 学 生

1951年,小祥考上了北师二附小,成了一年级的小学生。

北师二附小是公立学校,也是周围最好的学校,但那是需要考试的,择优录取,因此能进入北师二附小也是值得夸耀的事情。幼稚园的小伙伴刘光庭、宋小惠也进了二附小,又成了小祥的同学。

第一次走进学校,先进个过道,过道左边的白墙上是一幅中华人民共和国地图。地图最上方写着一行大字:中国是世界上国土面积最大的国家之一!地图旁边有面高大的整容镜,小朋友们一进门就可以看见自己的仪表整齐不整齐。地图对面是传达室的窗口。

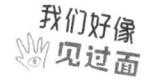

一年级的小学生什么都不懂,小祥走到窗口前踮起脚问:"管役,劳您驾!办公室怎么走?"

里面的男人拉开小玻璃窗户严厉地问:"你说什么?"

"问您个事……"小祥有点儿慌了。

"我知道你问事,我问你刚才叫我什么?"

"管役……"小祥喃喃地说。

传达室的男人不高兴地说:"谁教你这么叫的?"

小祥愣住了,他记得母亲带他到什么地方去,都是这样称呼看门人的。现在他意识到这个称呼出了问题,可是他又不愿意"连累"母亲,于是他憋红了脸说:"我自己听来的。"

那男人虎着脸说:"现在是新社会了,知道吗?"

小祥点点头。

"管役是旧社会有钱人对下人的称呼,是看不起劳动人民的称呼,现在都不叫了,你怎么还叫管役?"

小祥知道自己错了,这事要放在"野孩子"身上还没有什么,而小祥是个非常懂礼貌的孩子呀!他只好说:"我真的不知道……"

男人说:"以后叫老师或者大爷,懂吗?"

小祥又点点头。

传达室的小玻璃窗户啪的一下关上了。

他在幼稚园的时候,听老师和家长都管看门的师傅叫管役,看来小学和幼稚园是不一样的。长大了才明白,不是幼稚园和小学不一样,是时代不一样了。

这几天,小祥有点儿倒霉,除了受到传达室大爷的训斥,还在校外受了批评。

小乘巷胡同有个培基小学,放学路上,小祥要路过培基小学。高台阶的门里没有操场,只有两个套院——比幼稚园大不了多少。那是所私立的小学,在大家心目中公立学校才是好的,私立好像和"自私"有关系似的。

每次路过培基小学,或者遇到培基小学的学生,大家就起哄地喊:"培基小学校,人人都知道,老师是白薯,学生是山药!"这样喊起来很好玩儿,同学们喊,小祥也跟着喊。

那一天,小祥和几个同学路过培基小学的时候,又喊。没有想到,从校门里走出一个中年男人,他穿着一件蓝色的长衫,头上戴一顶可以拉下来盖住脸的那种毡帽,帽子顶上还有个扣子。小祥周围的同学都跑掉了,那个男人拦住小祥说:"学生,你为什么这样喊,是你们家长教的吗?"

小祥傻了,被人家拦住质问,他感到很害怕,再说,

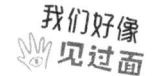

说人家老师是白薯,学生是山药,本身就没有道理。于是他只好呆呆地站在那里。

中年男人又问:"你是哪个学校的?"

小祥说自己是二附小的,那个男人严肃地说:"本来我可以去找你们的老师,今天我不找。但是你一定要记住,不管上哪个学校,都要当好学生,好学生首先就是要善良,不论什么学校,大家都是平等的。培基小学的老师和学生没招你,也没惹你,为什么要骂人家呢?这不就是欺负人吗?善良的人从不欺负人……"

后面的话,小祥记不住了,那个中年男人严肃又有些忧伤的眼神让他心里发慌,一瞬间,他觉得对不起人家,觉得自己做错了。事后他听同学们说,刚才训他的就是培基小学的校长。这件事情给一年级的小祥留下了很深的印象。

第四个故事 "不好意思"的事

有一年暑假,我到少年宫去和小学生见面,散会的时候,许多同学围着我,让我在他们的笔记本和书上签字留念。一个男孩子挤到我面前,他手里什么也没有。我举着钢笔问他签在哪儿,他顺手拿起我茶杯跟前的一张很小的纸片说:"就写在这儿吧!"

那是一片袋装茶的包装纸,绿色的商标和广告词清晰可见,绵纸包着的茶叶已经浸在我的茶杯里。包装纸被他撕开了,摊平之后放在我的眼前还没有一张火车票大。我举着笔犹豫了,要是一个成年人是不会这样做的,而我面前站着的是一个小学生。我不知道该不该在这个我认为不礼貌的茶叶袋上签字。我当时特别希望有个人来告诉他,这是一种失礼的行为,而我自己却不好明说,怕伤了他的

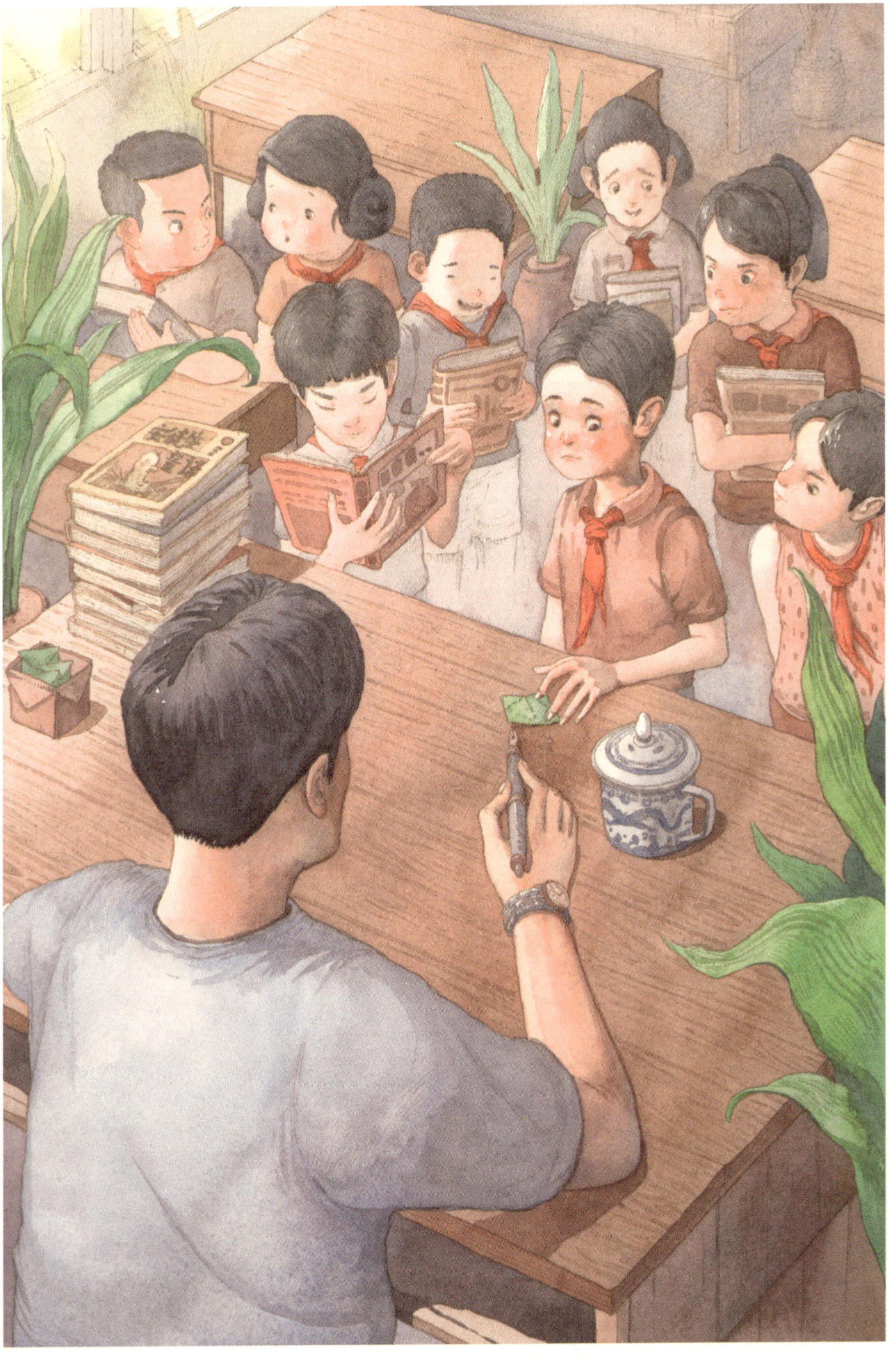

心。最后我微笑着对他说:"我看就算了吧……"

还有一次,我接到一个外地中学生的信,就寄了我写的一本书给她。不久我又接到她的回信,信中说希望我能为她提供路费到北京来旅游一趟。信的末尾还说,如能随信寄一张北京的旅游图则更好!我惊讶于这女孩子的勇气,同时觉得她的要求有些过分。我不知怎么回答她,于是没有再给她回信。

我把这两件小事和我的朋友们讲了,询问如果他们碰到这种事,会怎么处理?他们和我的想法差不多,但他们并不完全赞成我的做法。有的人觉得我不够大度,孩子嘛,不懂事,签就签了嘛!有的人却恰恰相反,认为我没有尽到一个长辈的责任,他们认为我应该直接指出他们的不礼貌……

生活中有许多这样不大不小的事,说说也可以,不说似乎也无关大局。有人觉得"树大自然直",何况大家都喜欢听顺耳的话,谁也不愿意得罪人。尤其是对于那种看起来很微小的,甚至拿不上台面的小事。

我如果把他们现在的举动当成"可爱"的不懂事,那么将来呢?很可能还继续这样"可爱"。当他们碰了钉子之后,他们会说,没有人告诉我们这样做不对呀!

人都喜欢听表扬,而不喜欢听批评。有时候,往往是那些逆耳的忠告更为可贵。

我上中学的时候,不知是受了谁的影响,走路开始晃肩膀,认为这才是男子汉的样子。有一天,我的班主任把我叫到办公室。开始我还以为我犯了什么大错误,当他问起我为什么走路总晃肩膀的时候,我很吃惊,接着便感到脸有些发烫。我到现在也说不清,我这个算不上什么错误的"错误"为什么那样触及我的心灵。

"一个很好的孩子,走路为什么要晃呢?"班主任的话至今还响在我的耳边。它不但让我改掉了一个坏习惯,而且让我影影绰绰地懂得了一个做人的道理。

从那个时候起,我就有了一个模模糊糊的想法,对一个人性格和品质的形成产生重要影响的,有时候不是什么重大的事情,而是那些看似不起眼儿的"小事"。

养不教,父之过;教不严,师之惰。家庭教育和学校教育对处于成长期、身心还未成熟的孩子而言十分重要,这让我不禁想起曾经接到过的一封电子邮件,信真的挺短:

嘿,你还记得我吗?

看到这封没头没尾的邮件,我感到十分奇怪,我觉得起码他可以写"张老师,你还记得我吗"。

由于工作、时间安排等原因,许多孩子的信我往往来不及回,但这封我回复了,我跟他说:

我可能记不住你了,但是我告诉你,不能这样给别人写信,给长辈就更不可以了。你连我的称呼都不说,也不留你的名字,还让我猜,这是很不礼貌的。再说我怎么猜呀?

我本以为那孩子不会回应这封具有批评意味的邮件,可万万没想到孩子还给我回了一封长信,信中有一句说:

张老师,非常谢谢您教给我如何给长辈写信。

看到这儿的时候,我意识到有些孩子并非天生没有礼貌或缺乏理解,他们可能觉得和我或者和同学开个玩笑都是正常的,也可能是因为没有人特别地向他们指出这些问题。现在我向他们说明这是不礼貌的,正确的方式应该是什么,他们就可以接受并改正,在以后的生活中也会注意。

教育正如浇灌小树苗,树苗长成后质量如何与它们在生长过程中接受到的阳光雨露的多少息息相关,孩子们的教育和成长需要家长、老师、社会共同的重视与努力。

记得小时候有两个故事给我留下的印象特别深。因为故事很老了,再讲起来怕人家说我跟不上时代。今天不知道为什么又想起来了——

有一个年轻的强盗因为犯了杀人罪而被绑到刑场处决。处决之前他要求最后再见一次母亲,于是母亲来到他的跟前。万万没有想到,这个强盗用极其愤恨的语气对母亲说:"当我第一次偷人家东西的时候,你为什么帮我藏东西?当我第一次欺负别人的时候,你为什么还护着我……"

第二个故事就是狼来了。

一个放羊的孩子在山坡上觉得无聊,就大声喊:"狼来了——"

人们跑过来,结果发现这孩子在说谎,大家散去了。

放羊的孩子看着大家来了又去的样子,觉得很好玩儿。过了一会儿,他觉得无聊,于是又喊:"狼来了——"

人们又跑过来,发现这个孩子又在说谎,大家只好又散去了……

万万没有想到,过了一会儿,狼真的出现在放羊的孩子的面前。放羊的孩子拼命地大声呼救:"狼来了——"

听到他呼喊的人们都说:"这孩子撒谎呢,不用去了。"

于是放羊的孩子被狼吃了……

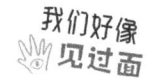

经典重读

成长的苦恼

从那次砸玻璃开始,小祥觉得自己从好学生的队伍里滑了出来。他开始接二连三地犯错误!

小祥家住在九号,有时候他会到十号的院子里去玩。十号有个女孩叫小惠,比小祥小一岁。有一天小祥、小惠还有老德子三个人一起在门口的台阶上玩拍洋画。洋画就是扑克牌二分之一大小的画片,画面朝上放在地上,手不能挨着画片,只能拍旁边的地面,如果掀起的风把画片翻过去了,就算赢了……玩着玩着,老德子突然看到地上有两分钱的纸币,于是叫道:"谁的钱?"

一张绿色的两分钱纸币对折着躺在台阶上,上面的图案是架停在机场的飞机。小祥说:"那钱是我的!"

在没有任何争议的情况下,小祥准备把纸币放进兜里。就在这个时候,小惠忽然摸着自己的衣兜说,这钱是她的,爸爸今天早晨给了她五分钱,她买了一个烧饼三分钱,还剩下这两分钱,就这么折着,现在没有了……听小惠说得清清楚楚,小祥的心里没了底。但他一想,钱可能不是自己的,但也不一定就是小惠的,于是硬着头皮和小惠争起来。

小惠哭了!

就在这个时候,小惠的爸爸从屋里走出来。他对小祥说,那钱是他给小惠的。这话就像是最终的宣判。小祥把钱从兜里拿出来递给小惠,脸涨得通红。小惠的爸爸领着小惠回到院里,而且关上了院门。老德子不知什么时候走了,只留小祥一个人在台阶上,姿势都没有变。一脚在台阶上,一脚在台阶下。一阵羞愧涌上小祥的心头。

几天前,小祥到胡同口的小杂货铺买醋,他拿着一张两角钱的纸币,快到小铺的时候,他忽然有种预感:今天掌柜的一定会找错钱,一定会多找给我钱。

人在贫困的时候,脑子里就会生出许多幻想,比方说在地上捡到钱,比方说买东西的时候人家会多找你钱……总之,到了这种想入非非的时候,人就会把万分之一的可能、百万分之一的可能,想象成一种立刻就能实现的现实。

那天不知道是怎么回事,小祥的幻想真的变成了现实,花两角钱买二分钱的醋,居然找回了九张一角和八分的零钱。小祥很惊喜,不是因为占了这么大的便宜,而是为刚才的预感得以实现而激动。

他很从容地把钱放在柜台上说:"掌柜的,您找错钱了……"掌柜的一愣。小祥接着说:"我刚才给您的是两角钱。"

掌柜的"哦"了一声,急忙把钱收了回去,连声谢谢都没说。但小祥还是很高兴,除了预感的应验,他还觉得自己很高尚。

可是今天这是怎么了,自己为什么这么贪心和可耻?小祥失魂落魄地走回家,最害怕小惠的爸爸将这件事情告诉自己家里。幸好没有……大约过了一个星期,小祥才从那说不清的惶惑中缓了过来。

小祥上学以后,父亲给他用纸列了个表格,一个月一张,每天晚上由父亲用笔填上今天的表现。最好的表现是"上",一般的表现为"中",最差的就要写"下"。多少天来,他一直是"上"。

现在他明显地意识到,自己不如以前好了。现在如果父亲再问他表现的时候,他肯定说自己是中上甚至是中中了……

胡同里空空荡荡的,只有眼前的木头电线杆从眼前一直延伸到胡同口,一、二、三、四、五,一共是五根……

051

第五个故事　想法古怪的孩子

有一次,我给大家讲完"给个萝卜吃吃"的故事,同学们大声笑了起来。在场的老师和校长也无一例外地被这个题材既非侦探又非魔幻的小故事吸引住了。

我问大家:"你们说,这只兔子身上有什么突出的特点?"

同学们都很踊跃地举手。有人说,这是一只好吃懒做的兔子;有人说,这是一只油嘴滑舌的兔子;有人说,这是一只顽强的兔子;有人说,这是一只黑心的兔子;有人说,这是一只不达目的决不罢休的兔子……

我总结说:"大家说得都很对,但是从我刚刚讲过的故事看,这确实是一只不达目的决不罢休的兔子,这个答案是最好的。"

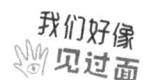

下面我再问第二个问题:"大家回答我,这只兔子是什么颜色的?"

话音未落,"白色的——"的声音响彻礼堂。

"白色的——"的呼声刚刚落地,稍小一些的"黑色的——"的声音又响起来。接下来,"花的""黑白的""就像兔八哥那样的"等等零星的答案传入我的耳朵。我只好举起手让同学们安静下来。我看得出来,这是一个氛围很活跃的学校,学生回答问题的积极态度和说出的答案都让人感到高兴和欣慰。

我问:"我刚才讲过兔子是什么颜色吗?"

会场一下子安静了,接着便是"没有讲过"的回答。大家都是凭自己的感受和想象来回答这个问题的。

我问那个回答"黑色的"的同学:"你为什么说兔子是黑色的?"

他回答说:"这只兔子很黑心,因为黑心,所以它的毛也是黑的。"

会场里有许多人窃窃地笑了起来。我对这个答案也感到奇怪,不由得笑了。

我说:"你这个答案很有意思,心是黑的,毛就是黑的。如果这样,我们以后识别坏人就容易了。走到大街上,看谁的皮肤黑,谁就是黑心——谁就是坏人!"

大家笑了起来。那个同学的表情不免有些沮丧。

但就在那一刻,我忽然意识到这个答案虽然有些离谱儿,但是我要保护这个孩子的积极性。于是我接着说:"我们应该欢迎和鼓励那些标新立异的答案,尤其在你们这个年龄,大家应该充分发挥想象来回答问题,众口一词反而是不正常的……来,我们也给这个同学鼓鼓掌!"

热烈的掌声响起来,我不知道这掌声是单纯出自我的号召,还是孩子们真正理解了我的意思。那一刻,我看见那个同学紧紧抿着嘴唇,目不转睛地看着我。

有些同学的答案很令人费解,但仔细想想,还不能武断地否定,因为他一定有他自己的思路。

在学校总会遇到几个"怪"孩子,不是"乖",而是"怪"。

有一次我正在一个学校的大教室里给同学们签名,忽然耳边响起一个声音:"张伯伯——"

我转过头,一个小男孩站在我的身后,我问他有什么事情。

他说:"我买书的钱不够。"

我说:"你差多少钱?"

他说不知道。

我让他去问卖书的人差多少钱然后告诉我。

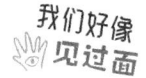

小男孩点点头走了。

大约过了十分钟,小男孩又来了:"张伯伯——"

我问他:"差多少钱?"

小男孩说:"我的钱不够。"

我有些奇怪:"我刚才不是让你问他们差多少钱吗?"这一刻我发现小男孩有些木讷。我又加了一句:"赶快去问差多少钱,我给你补上。"

小男孩点点头又走了。

过了十分钟,小男孩又回来了,站在我身边。

我主动问他:"问了吗?差多少钱?"

小男孩又喃喃地说:"我的钱不够。"

我又好气又好笑,不禁想起了我给他们讲的那个"给个萝卜吃吃"的小兔子。我转过身来面对他说:"这样,你到底有多少钱,给我看看。"

他愣了一下,然后指指旁边,我发现他的身边多了一个和她一般高的小女孩。小女孩一只手紧紧地攥成拳头。

"你们是一家人吗?"

他们一齐摇摇头。

我有些疑惑,不知道他为什么又叫来一个小女孩。我笑着问:"你买书,她付钱吗?"

他们都不说话。

055

我问小女孩："给我看看你的钱好吗？"

小女孩张开手，手心里是一张揉皱了的五角钱纸币和一枚一元钱硬币。那一刻我的心酸了一下。我说："你把钱收好，我送你们每个人一本书，告诉我你们要什么书？"

男孩和女孩一起说都要《乌龟也上网》。我说你们要不一样的好吗，这样还可以互相交换着看。他们点点头。

我为他们签上名字，他们高兴地走了。没有想到，过了十分钟，小男孩又站在了我的身后："张伯伯——"

那一瞬间，我简直觉得我讲的那个执着的兔子变成一个小男孩了，太不可思议了！

"怎么回事？"我问。

"我的书丢了……"

"丢了？才十分钟就丢了，丢在什么地方了？"

"掉在垃圾桶里了！"

真是匪夷所思，怎么会掉在垃圾桶里了？我开始怀疑这个孩子的智力有缺陷："什么样的垃圾桶？不能拿出来吗？"

"我的手够不着。"小男孩回答。

我对一位工作人员说："麻烦你跟着这个同学去看看好吗？"

过了十分钟，工作人员回来了。他告诉我："刚才这个同学上楼的时候,拿着书一边走一边在扶手上拍,一不小心书掉到了下面一层,下面一层的楼梯拐角有个木挡板,放着扫帚和水桶。孩子小够不着,我伸手给他够出来了。"

"垃圾桶是怎么回事?"

"没有看见什么垃圾桶。"

我想,孩子因为看到了扫帚和水桶,那个角落让他联想到垃圾桶。

事后,这个男孩的班主任老师告诉我,这个男孩的家长都是医务工作者,平时顾不上照管孩子。孩子学习上没有什么问题,只是给人的感觉有些怪,最大的特点就是爱看书,只要有一本书,这个孩子会一动不动地坐上半天……

遇到"怪"孩子,不要吃惊——人是千差万别的。要理解,努力去靠近他的世界……

小时候,我听大人们说,天是没边没沿的。我望着天,心里觉得很难受——怎么会有没有尽头的东西呢?再大的东西,再远的地方,也该有个边。怎么天就没有边呢?如果开着一架飞机一直往上飞,是不是怎么也到不了头?我想象不出来没有边的东西什么样。可是天万一有个边呢?边外面是什么呢?这样想着,我更觉得难受了,有种自己跟自己较劲,陷到了一个泥坑拔不出来的感觉。

这是人的思维与生俱来的矛盾,我们要理解怪想法,理解怪孩子!

更何况,这些怪想法没准儿就能激发你写作文的灵感呢!

经典重读

稀奇古怪的事情

几十年前的一天,我到邮局去办事。看见一个老爷爷粘好信封,把信放到邮筒里,然后又把一张邮票抹上糨糊。我正奇怪他发完了信为什么还要给邮票抹糨糊,不料,啪的一声,他把邮票贴在了邮筒上。我好奇地问他这是干什么。他居然说,不贴邮票,信怎么能寄出去?我真是哭笑不得。

有一年冬天,我在学校附近的一家商店买东西,又看到一件新鲜事。一位女士买完点心付钱的时候还缺五分钱,她翻遍了所有的口袋,就是没有五分钱。她满脸通红，表情很尴尬。要知道，那时的五分钱可比现在的五分钱珍贵多了。我走上前去，递给她五分钱。她连连摆手："我有，我有——"

接下来，我奇怪地看着她的手在外套的纽扣上摸来摸去。然后，我惊讶地看到她将一粒纽扣揪了下来。那是一种称为"包扣"的纽扣——里面用普通的纽扣或者硬板铰成圆形做芯，外面再用布料包好，缝在衣服上——现在，她将布料打开，里面果然出现了一枚五分钱的硬币——她付了钱，拎起点心包走了。我觉得这事挺有意思。

还有一次，我坐公交车，看见一个人买票，他居然从耳朵里往外掏硬币。掏出一枚还不算，一共掏出好几枚，一分的、两分的……整整一角钱。我惊讶地看着他的耳朵，怎么这么大呀！

…………

我将这些事讲给别人听，大多数人觉得很好玩儿，少数人说我瞎编。

这些事时不时地在我脑子里浮现。我认为这些都是非常好的细节，可以利用它们写点东西。直到有一天，一个杂志的编辑来约稿，这些细节终于派上了用场。我想象出一个很好很能干但家中不太富裕的妈妈，为上小学的女儿做衣服的时候就用五分钱做了包扣。她不想让女儿知道,却被女儿无意中发现了。小姑娘忍不住嘴馋,就用"纽扣"一次次地换冰棍儿吃。直到有一天,妈妈带她到商店买东西,恰恰缺五分钱,妈妈不由得看向女儿的纽扣……

许多同学来信问我关于作文的事。大家都见过蜘蛛网吧?根据我的体会,要想写好作文,就要多读好书。有了些积累,大脑里就好像蜘蛛结了一个网。而生活中有意思的细节就像飞来飞去的小虫子。有了这个网,你才能捕住那些南来北往的小虫子。否则,再好的生活素材也会从你身边滑过去。

有人说:"你能碰到那些好玩儿的事情,可我们一个也没有碰到过。"我说:"不是这么回事,关键是对生活要有好奇心。生活中到处都有好玩儿的事,还有美好的事、让人感动的事——就看你是否去发现。"

有两句话可以奉为经典,一句是:"生活中不是缺少美,而是缺少发现美的眼睛。"另一句是:"机会只给那些有准备的人。"

我们经常说"观察生活"。"观察生活"到底是什么?是蹲在地上看蚂蚁打架,还是像个记者一样拿着小本子或者录音机到处记录?

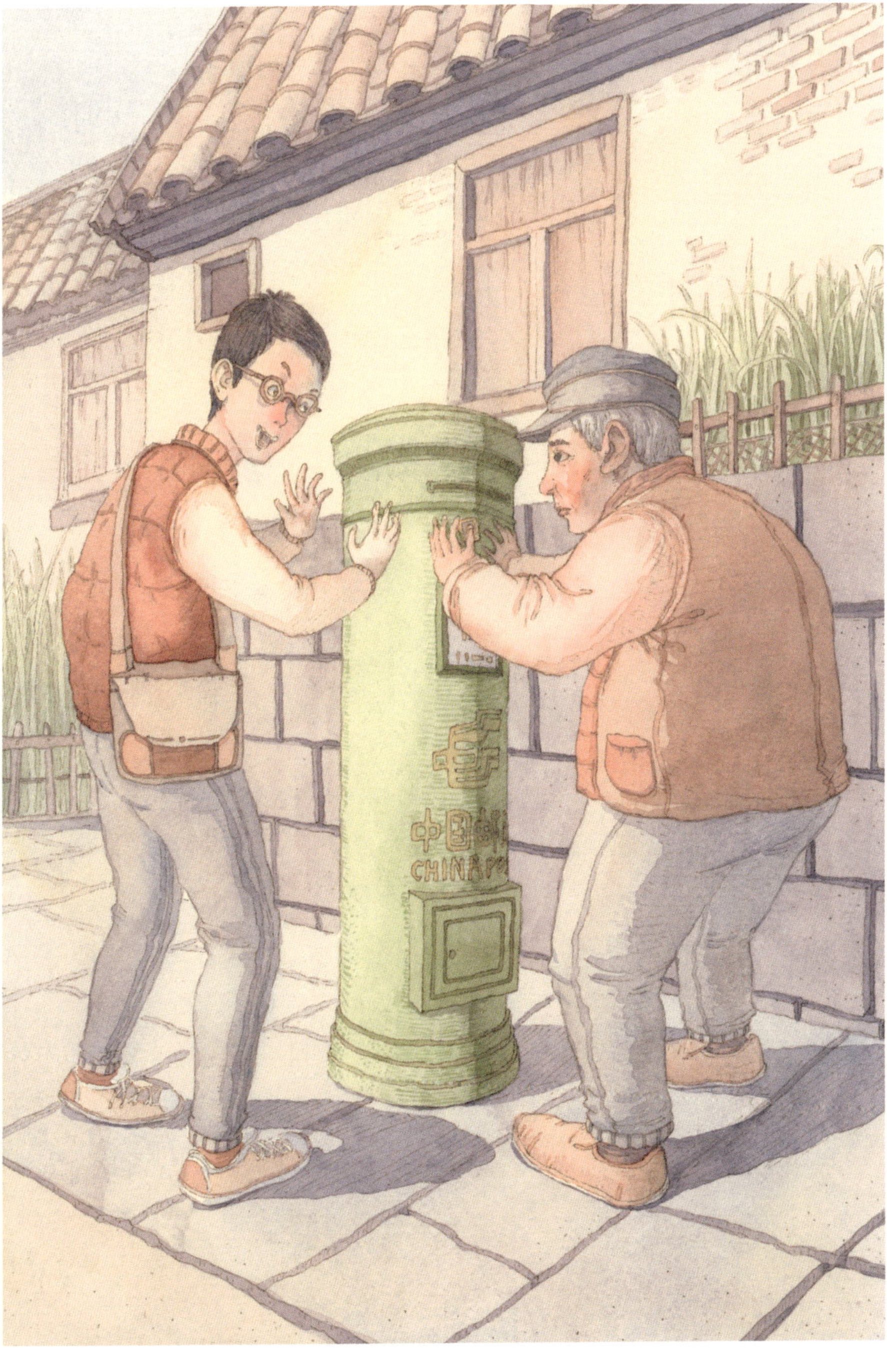

所以,我个人的体会是:没有兴趣就没有记忆。世界上,视而不见、听而不闻的事情很多,都是因为没有兴趣。有的兴趣是本能,有的兴趣是后天培养起来的。比如,你的作文本来不好,老师突然当着大家的面表扬你的某篇写得不错,你就可能兴趣大增。但我觉得更重要的还是多读书,书读多了,才能帮助你体味生活,有了体味,才能产生兴趣。

还有,要始终保持你对生活的好奇心。好奇是青少年的天性,如果你对不了解的事情缺乏好奇,那么很可能你从心理上来讲已经不是个青少年了。

"观察生活"用的不是眼睛而是心,只有心灵上有了触动,才会写出好的作文。

第六个故事　蜘蛛是昆虫吗？

每次我让同学们提问题，大家问得最多的一个问题——也是最难回答的一个问题是："张老师，写作文的时候没有灵感怎么办？"

之所以说这个问题难回答，是因为这个问题有点儿"大"，不是几句话就能说清楚、说明白的。

我依旧用蜘蛛结网的故事来解答："同学们，我们要向蜘蛛学习！蜘蛛是自然界最神奇的昆虫……"

"蜘蛛结了网就可以捉到小虫子，但蜘蛛结网需要支点。我们的灵感就像一只只小虫子，可是我们没有一张蜘蛛网。我们'结网'也需要有支点，支点就是一本本烂熟于心的好书……"我整整讲了十分钟。

下课以后，同学们排着队从我身边走过。二年级的小同学路过的时候,我很高兴地看着他们,一个白白胖胖的小男生手里拿着他的小椅子,一边走一边自言自语:"节肢动物——节肢动物——"

我一愣,这个小家伙唠叨这个干什么?我忍不住走上前问他:"小同学,你为什么总说节肢动物?"

小同学继续往前走,仿佛还在自言自语:"蜘蛛是节肢动物。"

我心中一惊,忽然意识到:蜘蛛不是昆虫,而是节肢动物……这个孩子就这样在"无意识"地纠正我。

如果认真地查查字典就会知道:昆虫的重要特征是六条腿,而蜘蛛有八条腿……

望着那个远去的孩子,我在想:这是上天派来传递知识的小使者吗?谢谢你!小同学!

有一次,我在一个阶梯教室给四五年级的同学讲课。

我又讲道:"我们要向蜘蛛学习,织一个网。织网要有支点,那支点就是一本本烂熟于心的好书。"

这时候一个同学举手说:"老师,有的蜘蛛就不会织网。"

我知道这个同学不是故意捣乱的,虽然他打断了我的讲话,但是我很欣赏这些有独立思维的孩子,我就说:"你来给大家介绍一下那些不织网的蜘蛛好吗？"

我没有想到，这个同学说出了许多关于蜘蛛的知识。

他说："在自然界，蜘蛛的种类很多，有的蜘蛛结网，有的不结网。蜘蛛有四万多种。但是简单可分为游猎蜘蛛、结网蜘蛛及洞穴蜘蛛三种。第一类会四处觅食，第二类则结网后守株待兔。而被人们当作宠物饲养的大多是第三类：洞穴蜘蛛。它们喜欢躲在沙堆或洞里，在洞口结网，网本身没有黏性，纯粹用来感应猎物大小……"

我惊讶于这个同学的知识量。他讲述的时候是那么自信，周围的同学都安安静静地倾听着。

有一次，我到北京的一所中学参观，在一间平房门旁的墙上，我看到了一块牌子，上面写着：刘开太昆虫研究室。

我问校长："刘开太是谁呀？"

校长说："刘开太是我们学校的一个学生，他喜欢研究昆虫，而且很有成绩，我们就专门设立了这样一个研究室，就以他的名字来命名。"

我不禁对这位校长心生敬意。

有一次，我给同学们讲"七把勺子"的故事。我和同学

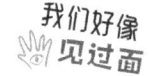

们说,我到小超市去买喝汤用的小汤勺。货架上,我在锅和盆的后面看见了勺子,一共是七把。我心里想买六把,六六大顺嘛!可是我拿起六把的时候,看到剩下的一把,忽然想到:还剩下一把——它会不会很孤单,会不会很寂寞呢?

这时候,我就问在座的同学:"如果你遇到张老师这个情况,你会不会也有张老师这个想法,认为这把勺子很孤单呢?"

呼啦啦,有三分之一的同学举起了手。我很高兴。

我又问:"没有张老师这个想法的请举手。勺子没有生命,怎么会孤单呢?"

呼啦啦,又有三分之一的同学举起手。

我看着剩下三分之一的同学问:"你们是什么想法呀?"

大家都不说话,我就请最靠近我的一个女同学回答。她站起来说:"张老师,您拿走了六把,剩下的一把我认为它不会孤单……"

"为什么?"

"因为还有锅和盆陪着它呀!"

我愣住了,这个答案是我从来没有想到过的……

这个孩子在回答问题的时候,没有受到我的影响和暗示。她也在说一个有情怀的故事,而且很有道理。

小时候,走在路上总会捡到些东西,是不是眼睛离地面近的缘故?小时候,坐在前进的汽车里,总感觉路边的树在往后跑。小时候走夜路,看着天上的月亮,总觉得我走的时候,月亮是跟着我走的……

孩子的思维中总有些非常"原始"和可贵的东西。家长和老师要保护它们,培养它们。

有一次,在去往农村的路上,我们停车在路边休息,一个小男孩引起了我的注意。他大约有六七岁,妈妈在一旁卖菜,他的手里拿着两个火柴盒大小的木块,一会儿在地上推,一会儿又在天上飞,一会儿一手一个让两个木块交锋,嘴里还念念有词。我猜想他可能把木块当成了汽车、坦克或者飞船,此时正沉浸在他的幻想世界里。

我的脑海里蹦出一个词——绿色想象。

在城里长大的孩子如果做游戏,玩具往往不是两个木块,而是电脑等高科技产品。那么哪一种孩子的想象力更丰富呢?

我会说,各有各的优势!

孩子们对未知的世界总是充满了兴趣,有的对语文感兴趣,有的对科学感兴趣,其至有着强烈的渴望。我们不能轻视任何一个方面。

孩子要有科学思维,有了科学的思维、科学的头脑,进行文学创作时想象力也会比别人更丰富。这些年我们的校园阅读推广工作取得了很大成绩,但是我们往往更偏重推广文学类书籍,科普类图书则相对较少。我是首师大物理系毕业的学生,难免怀有一份科普情结。我有时候就提醒自己,未来的阅读推广中,我会用一半的时间来说说科普类书籍的阅读。

经典重读

不要相信自己的眼睛

有一个老师,在一所中学教物理,他的课非常受学生的欢迎。讲到光学的时候,他在黑板上写下:不要相信自己的眼睛!

这句话有些"振聋发聩",有些"危言耸听",立刻引起了同学们的兴趣。其实,这个老师写下这句话就是为了引起大家的注意,从而达到记忆深刻的目的。这是教学中的一个技巧,为了效果好,这话有点儿偏激,但绝对不是哗众取宠!

他在黑板上画了两条笔直的平行线段,在上面一条线段的两端各画了一个箭头,在下面一条线段的两端各画了一个箭尾,然后问大家,哪一条线段长?

大家都说下面画了箭尾的那条线段长一些。当他用米尺测量以后,大家才发现两条线段一样长,是大家的眼睛产生了错觉。

接着,他又在黑板上画了许多能引起视觉错觉的图形。比如,明明是一个正方形,大家却怎么看怎么觉得竖边比横边长。

人的眼睛有些时候不能反映真实的现象,因而出现了许多错觉,眼睛在忠实地对我们"撒谎"。这样的例子很多——

一个物体在我们的眼前消失了,但在短短的时间内(0.1秒左右),那个物体的形象还残留在视网膜上,这叫"视觉暂留"。否则,我们看电影时就会只看到一条条黑道和一张张图片从眼前闪过。眼睛"欺骗"了我们,但我们乐意受这样的欺骗。

远处的物体果真小吗?实际上不小,但我们的眼睛却让大脑产生了近大远小的错觉。

人的视网膜上有一个没有感光细胞的点,物体的影像落在这一点上不能引起视觉,这个点叫盲点。如果有

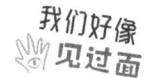

个影像恰好落在盲点上,你看不见,你能说那个物体不存在吗?

一支铅笔有一半插入水中,我们的眼睛看到笔从入水处忽然"弯曲"了。笔实际上还是直的,是我们的眼睛又产生了"错觉"。

许多魔术就是利用人的视觉错觉来设计的。

眼睛不是绝对独立的,它要受到许多因素的"干扰"。

沈阳有个"怪坡",看上去,明明是下坡,球却可以往"上"滚,关了发动机的汽车也总是往"上"溜。根据科学家的考察,这是因为周围的地势和景物使人的眼睛产生了错觉,把下坡看成了上坡。

有个英国的小故事:一户农家的鸡下了很多蛋,丈夫拿到集市上去卖,怎么也卖不出去,而妻子来到集市上,很快就把鸡蛋卖光了。为什么呢?人家说,丈夫卖的鸡蛋个儿小,妻子卖的鸡蛋个儿大。可那是同样的鸡蛋哪!夫妻俩百思不得其解,当两人的手放到一起时,他们才恍然大悟:妻子的手娇小,鸡蛋就显得个儿大;丈夫的手粗大,鸡蛋就显得个儿小。

"地心说"和"日心说"争论了那么多年,"日心说"才取得了胜利。不能不承认,人们有时容易盲目相信自己的眼睛,而缺少思考。

我们的眼睛只能观察到世界的一部分,千万不要以为眼睛看不到的就不存在。眼睛看不见无线电波、X光、红外线和紫外线,但它们都是客观存在的。

"不要相信自己的眼睛"告诉人们,要积极思考。当然,如果改成"不要绝对相信自己的眼睛"会更科学一点儿,尤其在许多假象将你搞得眼花缭乱的时候。

有句老话说:耳听为虚,眼见为实。我建议加上一句——经过思考以后才是真的。

第七个故事　环境与尊严

有一天我去到一个小学校,恰巧赶上学校给家庭困难的学生发补助金,被补助的学生每人可以领取一千元人民币,条件是父母双方至少有一个是残疾人,家庭必须是低保户,而且必须由家长亲自来领。

全校同学列队操场,五位家长来到队前,有一位家长是坐着手摇残疾车来的。

仪式开始,校长宣布学生的名字,家长依次领钱。

会场很安静,没有人鼓掌,没有人议论,也没有人笑,气氛有些凝重。但是我能感觉出来,那些小小的心灵是活跃的——那些小脑袋瓜儿里难道什么也不想吗?

领完钱,五位家长匆匆地离开了学校。当他们从我眼前走过的时候,操场显得那样安静和空旷……

我不知道该不该用这样的仪式发这样的补助。领补助的孩子和没有领补助的孩子心情肯定是不一样的……

从表面上看,这个程序没有什么毛病。可是如果我们站在人性的角度来看,领补助的孩子会不会有自卑的感觉?旁观的学生会不会产生看不起他们的心理?

如果我是校长,我会悄悄地发给家长。家长可以悄悄地告诉孩子……也可能我把问题想得太简单了。

但是我认为,没有尊重就没有教育,健全人格的培养没有尊重是不可以的。这种"仪式"是"好心",但是并非恰当的方式。这样"粗放"没准儿就会造成一种伤害。

孩子的心灵在成长的过程中是可塑的,当孩子长大成人,那心灵就会坚硬得像核桃的外壳一样……

有一次,我到访一个有许多留守儿童的学校。那些孩子不但远离父母,而且家庭条件都比较困难。我请孩子们提问题,还特意嘱咐——什么问题都可以。

一个孩子问:"张老师,人为什么要洗澡?"

另一个孩子问:"张老师,人为什么要写字?"

听到这两个问题,不知道为什么,我有点儿心酸……四五年级的学生,为什么会问这些最"原始"的问题呢?

人与人不同,家与家不同,学校与学校也不同。我去过条件好的学校,也去过条件差的学校。

同样大小的教室，有的学校一个班有三十多个学生，有的学校一个班却要放下八十多个学生。在后者的教室里，桌椅之间几乎没有空隙，只在靠近门的地方有个窄窄的过道……然而这些孩子依然是笑呵呵的、高高兴兴的……

还有一个学校，老师、校长都很热情，学校很大，学生也很多——因为周边郊区和农村的孩子也并入了这个学校。我在一个大食堂里讲课，可讲了五分钟，我只听见周围一片嗡嗡的声音，同学们也听不清我在讲什么。

我只能看着一双双有些迷茫的眼睛离开了。那次讲座居然就这样取消了。

还有一次，我们的车在行驶中开着车窗，我闻到刺鼻的味道，我想附近肯定有化工厂，再往前果然就看到了塑料厂。没有走多远，就到了我们要去的学校。

校长、老师和学生都很热情，校园也比较大，听说未来面积还要扩充。

校长向我介绍说，全校近七成学生都是外来人员子弟，他们来自全国二十多个省。

校长还介绍说，学校十分重视学生的全面发展，全校共有三十六个班级、七十八个社团、九十余位老师……我看着踌躇满志的校长满腔热情地勾画着学校的美好前景，心中却有些忧虑,学校各方面都好,却处在这样的自然环境中。

当地盛产葡萄,但当地人都跟别人说这不是当地产的葡萄,因为外地人都知道这里污染严重,不愿意要。

这些事情都不是家长和学校的力量能办到的,一方的父母官就要多多关心、操心、费心解决这些事情。保护青山绿水,就是保护这些成长中的孩子的心灵。

学校不仅需要好空气,还需要好老师。

同样是初一的孩子,在有的中学里,我提问:"同学们,知道霍金这个人吗?"在场的一百多人全都举起了手。

但在有的中学里,我还是提同样的问题,却得到了这样的回答:第一个同学说霍金是个卖菜的,第二个说霍金是个种地的,第三个同学才说霍金是个科学家。

我深深感到,把资质好的学生教得更好,那是老师的功劳。但如果把资质比较差的学生也教育成才,那是老师对社会的贡献……

我上小学的时候,同班有个姓陈的同学家里生活很困难,从来不买零食。有一次学校里的大杏树结了很多杏子,学校决定把杏子分给同学们吃。我们班分杏子的时候,多剩了几个。有人就喊把杏子给陈同学吧,他们家没钱买零食,但陈同学没有拿。老师问他为什么,他说,母亲告诉他,人穷不能志短,穷人也要有尊严!

记得小时候,我们胡同里有个捡破烂儿的老头儿,有时候敲开院门,希望能得到点破衣物什么的。我的母亲常给他点馒头煎饼,每次他总是客气而又不失体面地道谢。有一天他送来一沓纸片,那是用彩色的废纸裁成的巴掌大的方块,每张上面都是一个毛笔字,写得有模有样。母亲要给他几毛钱,老头儿说这字就是他本人写的,坚决不要钱。母亲就用一个旧的小铁盒把纸片装起来,教我认字,这是我的第一套独一无二的识字卡片。

说起尊严,我曾经写过一篇小说表达我的心情,我希望那已经是永久的过去了……

经典重读

静静的石竹花

一

那年春天,正是玉兰花含苞欲放的时候,我在少年宫的美术小组当辅导员。一天清晨,我带着同学们来到中山公园写生。

公园刚刚开门,那些练拳、吊嗓子的人正在陆陆续续地向里走。孩子们一窝蜂似的跑到玉兰花的跟前。女孩子们在绿色的小栏杆前刹住脚,欠着身子皱起小鼻子,轻轻用手扇着沁人心脾的花香。男孩子们则跳进草坪,干脆把鼻子贴在花瓣上。

看见他们那一副副怪样子,我真是又好气又好笑。

"快出来,蜜蜂钻到鼻子里去啦!"我喊了一声,自己也忍不住笑了。

听见我的喊声,孩子们笑着,跳着,散在栏杆周围,开始寻找自己认为最合适的位置。

我坐在藤萝架下的石凳上,不过,我没有画玉兰。我在寻求一幅新油画的构思,因为今年下半年,全市职工美术展览,我要拿出一幅像样的作品来。

突然,我听见有人在高声说话:

"嘿!让开点好不好?"

我抬起头,看见我们美术小组的小胖子站在玉兰花的西侧,两手叉着腰,绿色的大画夹挎在胳膊上,一摆一摆的,十分神气。他的前面坐着一位陌生的小姑娘。

小姑娘侧身朝着我,膝盖上放着一个普通的纸夹子,上面搁着一支花杆铅笔。她好像没有听见小胖子说

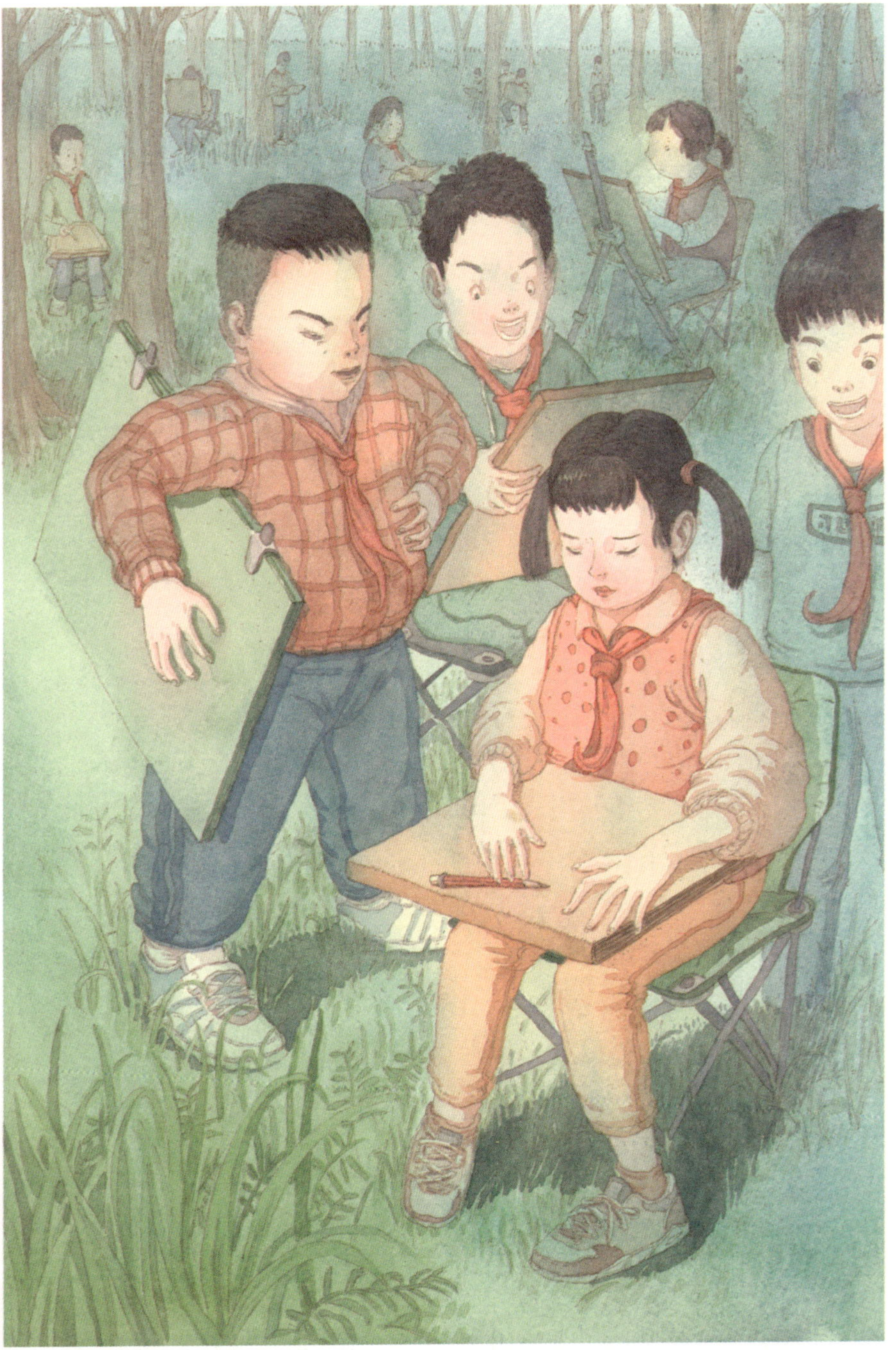

话,也没有回头,只是稍微往旁边挪了挪。

"像那么回事似的,会画吗?"小胖子眯着眼睛,撇着嘴说。

我没来得及说话,小姑娘突然站起来,小辫子一甩,又在原来的地方坐下来。

"哎……你不会起来吗?"小胖子着急地嚷了起来。

我赶紧走过去把小胖子叫到一边,小声然而很严厉地批评他。

"她又不会画,瞎占地方!"小胖子噘着嘴,气哼哼地说。他见我生了气,这才怏怏地走了回去,坐在离小姑娘只有一尺远的地方。他故意打开了今天根本用不着的油画箱,把里面的扁头笔弄得咔咔作响,嘴里还嘟嘟囔囔,看见我使劲瞪着他,这才闭了嘴。

等到一切都平静下来的时候,小姑娘打开纸夹子,我心中不由得一动,她既然来得这样早,又敢在这么多人面前画画,说不定真有点儿才气呢!

我绕到小胖子的背后,往小姑娘的夹子上看了一眼,真想发现一个人才。然而,我失望了。她的夹子上只有一张白纸……

游人渐渐多了起来,人们一面欣赏着玉兰花,一面饶有趣味地观察着我们。几乎每个小组员的身后都站着几位热心的观众。

小家伙们对这种场面见得多了,不但一个个若无其事,而且笔下愈加挥洒自如起来。这时我听见有人在小声议论:

"哎!这些小家伙是哪儿的?"

"这还看不出来,美院附小的呗!"

"咦?那个女孩怎么光瞧着不画呀?"

"嘻……跟着瞎起哄……瞧那夹子。"

我蓦地抬起头,谁没有自尊心哪!一个大人要是听到这些议论也是要赶快撤退的,何况她还是个孩子呀!

可是,我惊异地看见,小姑娘的铅笔竟然动了起来……这使我暗暗赞叹她的勇气,同时又突然觉得,或许,她真的有点儿绘画的本领吧!

我悄悄绕到她的背后,朝她的夹子上瞥了一眼:唉,糟透了!她连一点儿基本的训练都没有,看不见大致的轮廓,纸上落了一个像是花瓣一样的东西,她用铅笔在上面抹了抹。

她是那样的认真,可是画得又是如此的笨拙。看着她那纤细而又瘦小的身影,说实话,我真有点儿可怜她。

过了大约一个小时的样子,我正埋头于自己的构思,突然,耳边传来一阵嬉笑的声音。我抬起头,发现笑声是从小胖子身后那些人中间发出的。不过小胖子却是一本正经,只是偶尔斜眼看看那个小姑娘。

我走过去,分开围观的游人,一眼看见小胖子画板的右下角有一张巴掌大的漫画,分明画的是那位不相识的小姑娘,只是嘴巴画得出奇的难看。

听见笑声,小姑娘回过头。这时,我才发现她的嘴有点儿歪。如果不是因为这一点,她一定是个很好看的女孩子。小胖子的漫画把她的嘴画得特别夸张。

终于,小姑娘明白了是怎么一回事。我看见她的嘴唇剧烈地颤动着,长长的睫毛上托着两颗屈辱的泪珠。但她马上用手抹了一下眼睛,紧紧咬住嘴唇,挑战似的看着小胖子。

我的脑袋轰的一下,我愤怒极了,简直不能克制自己。我猛地夺过小胖子画板上的漫画,拿在手里撕得粉碎。地上的油画箱也被我不知什么时候碰倒了,画笔和颜料袋撒了一地。

小胖子吓得愣住了,接着便小声地啜泣起来。我气得一时不知道说什么好,只觉得下巴无法抑制地哆嗦起来。

小胖子哭得更厉害了,用手使劲揉着鼻子。

这时,那个小姑娘突然低下头,弯下腰去捡地上的画笔和颜料袋。她拾着,拾着,猛然间,一颗泪珠落到了她的手背上……

二

一个月过去了,在一个星期一的早晨,我照例来到图画教室,推开门,迎面是许多零乱放置的画架,它使我想起了那些调皮而又可爱的学生。

这时,窗帘轻轻动了一下,微风送来一股淡淡的幽香。我奇怪地向四周望去,发现讲台上放着一束白色的小野花,它被插在一个装咳嗽药水的小玻璃瓶里。瓶子已刷得干干净净,上面的刻度都清晰可见。有了它,这间到处堆放着无生命的石膏像和画框的教室里,顿时出现了一种令人喜悦的生气。

我欣喜地捧起小野花,心想,这准是我的那些"小兵"们干的。是谁呢?小胖子吗?上次那件不愉快的事情发生以后,他用胶泥塑了一只猴子送给我,红着小脸,让我像管教猴子一样地管教他……会是那个绰号叫"芭蕾舞"的小女孩干的吗?她曾用洁白的尼龙丝为我编了一只美丽的小天鹅……不!都不是,因为今天他们谁也没有来呀!那么,到底是谁呢?真有意思!这些可爱的小家伙……

我把花重新放到讲台上,然后开始批改孩子们的画稿。看见画稿,我就仿佛见到了它们的小主人那一张张天真可爱的笑脸。谁能说他们当中的哪一个不会是送花的孩子呢?想到这儿,我幸福地笑了。

一个星期过去了,又到了星期一的早晨,我惊异地发现,讲台上的"花瓶"里,换了一束新鲜的小野花——和上次的一模一样。我问遍了整个小组,都说不知道。

从那以后,每个星期一的早晨都有一束新的小野花在教室里迎接我。望着一束束送来的花,我感到激动,我感到新奇,我用了像孩子一样的方法来侦察这个秘密。

那个星期日的晚上,我没有回家,在教室里用几把椅子临时搭了个床睡下了。

第二天早晨,大约六点半的光景,我被开门的声音惊醒了,我看见传达室的崔大爷很庄重地捧着一束带瓶的小野花走了进来。他走到讲台跟前放下新的,端起旧的。当他转过身子的时候,看见我,他笑了。

我猛地坐起来:"哈,崔大爷,原来是您给我送的花呀!"

"不是我……是这么高的一个小姑娘。"崔大爷比画着。

"她在哪儿?"我急切地问。

"就在大门口,她说什么也不进来。"

顿时,我觉得有一种热乎乎的东西涌上了我的喉咙。

我一下子跳下床,从崔大爷手里夺过花瓶,飞快地向大门口跑去。

在门口的一棵大槐树下,我一眼看见了在中山公园见到的那个女孩子,我把瓶子举过头顶:"小同学!"

"老师!"小姑娘向我跑来,我用双手按住她的肩头,仔细端详着她那显得有些苍白的面孔,又拉起她的小手,冰凉冰凉的,她一定站了很久了……

突然,一种美好的感情,一种纯真无邪的童心,一种对友爱的深切感受,一齐向我涌来。我多日来冥思苦想的构思一下子跳了出来。我为什么不把那束可爱的小野花画出来呢!

"谢谢你,送给我那么好的花!"我激动地说。

"老师,我应该谢谢您……"小姑娘的脸红了,她羞涩地说。

"我要把你送给我的花画出来!"

"真的?"小姑娘几乎跳起来,"这叫石竹花,我爸爸最喜欢这种花,他希望我将来把它们画出来……"

"你爸爸是画家吧?"我问。

"不,爸爸是工人。"

我说:"以后,每星期二下午你来参加小组的活动,星期天你也来,我全天都教你。"

后来,我知道,她的名字叫柳莲。妈妈在江西一个偏僻的地方工作。那里还没有正规的小学,她住在北京的奶奶家里,在一所小学借读。

不久,柳莲就成了我的最用功的一个学生。她天赋很好,进步也很快。使人高兴的是,小胖子居然成了她最好的朋友。小胖子为了表示对柳莲的歉意,坚决要送给柳莲一个绿色的大画夹,柳莲不要,他都急哭了。

夏天过去了,在一个秋高气爽的日子里,我得到一个好消息:我那幅题为《静静的石竹花》的油画,被选入了全市职工美术作品展览。当我把这个喜讯告诉孩子们的时候,他们高兴得用手把画架子拍得乱响,小胖子约了另一个小男孩偷偷跑到街上买回几瓶汽水要为我"干杯"。

我举起"酒杯"说:"我首先得感谢柳莲,是她送的花给了我灵感。"于是孩子们转过身子把热情和赞许的目光一起投给她。柳莲低下头,我看见她笑了,脸上还有一个小小的酒窝。

"柳莲!你干吗要送给老师小野花呢?"小胖子歪着

脑袋问。

柳莲抬起头说:"这叫石竹花,我爸爸说过,它虽然不像牡丹、玉兰那样雍容华贵,但它开放时能散发一丝幽香,谢了还可以入药……我最喜欢它。"说着,柳莲的眼睛变得明亮起来,我看见,那儿有晶莹的泪光在闪烁。

三

美展开幕式的前夕,区里邀请我们美术小组作为特别观众参加开幕式。当我把十二张印着金字的海蓝色请帖发到孩子们手里的时候,柳莲激动极了,她是第一次参加这种活动。

开幕式那天是星期日,天气好极了,天上没有云彩,湛蓝湛蓝的。

孩子们不约而同地穿上最漂亮的衣服,带着鲜艳的红领巾,只有小胖子有点儿感冒,可是精神极好,到处说笑话。

柳莲尤其高兴,站在四壁挂满巨幅油画的中央大厅里,看得出她真有些心驰神往……

区里的领队过来了,这是一位面色十分和蔼的中年妇女,她一面检查着每一个人的服装,一面高声说:"等一会儿,首长和外宾来了,大家不要围观,要显得自然一些,不要紧张,但是要热情……"

说到这儿,领队的声音突然停顿了一下,微微皱了皱眉头,向我问道:

"今天有外宾,知道吗?"

我点点头。

"电视台还要录像。"

我又点点头。

"录像的时候,你们那个嘴歪的女孩子是不是先回避一下?"

我愣住了,一时不知道说什么好。

领队的表情变得严肃起来:"这不是我们个人的事,这关系到全市的形象。"

领队看我没说话,就自己朝柳莲走过去。不知道她对柳莲说了些什么,只见柳莲突然抬起头,目不转睛地望着我,眼睛里露出一种恳求的目光。我知道,她是希望得到我的帮助。我心里一酸,不敢看她,连忙垂下眼睛。

领队走回来,很严肃地说:"她不听话,你是她的老师,你去说说。"

我心里难受极了,也矛盾极了。突然,我看见小胖子红领巾下面的口罩带。一瞬间,我像找到了救星,我连忙摘下小胖子的口罩拿在手里,对领队说:"戴上口罩……

085

就别让她走了,行吧?"

领队皱着眉头,沉吟了好一会儿,仿佛是下了很大的决心,说:"行吧!"

我如释重负地朝柳莲走去,简直就是小跑,说话的声音都有些发抖:"柳莲,戴上这个口罩吧!"

柳莲先是愣愣地看着我,接着,泪水充满了她的眼眶,但她拼命地咬着嘴唇,不让眼泪流下来。她好像要接过我的口罩,然而,伸出的手没有张开。我把口罩递过去,她低下头,眼泪啪嗒啪嗒地落在口罩上……

"你怎么啦?"我问。

柳莲抬起头,用手抹了一下眼睛:"老师,我走了……"说完,她飞快地转过身,朝大门跑去。

我的心突然一紧,好像被谁攥了一下,我才明白,我伤了她的心。

小组的孩子们都围了过来:"老师,干吗叫柳莲出去呀?"被叫作"芭蕾舞"的那个女孩子说。

"老师,您再求求那个领队不行吗?嘴歪就不能参加开幕式啦?"一直跟在我身边的小胖子说。

孩子们的话,就像钢针一样扎在我的心上,我真后悔带孩子们来参加开幕式。我再也没有心思看展览了,只是默默地跟着大家往前挪动。当走到我那幅油画前的时候,我望着那一朵朵白色的小野花,仿佛又看见柳莲刚才那双恳求的眼睛……我那些一向活蹦乱跳的小组员也默默地跟着我,没有一个人说话。

四

走出展览馆,我本想马上去找柳莲,可是,我不知道她家的地址。我只知道她在花园村一小借读,但今天又是星期天。

第二天,领导又派我到郊区办一件事,一直到晚上九点才回家,我把希望寄托在星期二。星期二下午是美术小组活动,她会来的。

可是,她没有来。我着急了,先找到她借读的小学,最后又来到柳莲的家,开门的是柳莲的奶奶。

"柳莲在家吧?"我急切地问。

"柳莲回江西去啦!今天坐早车走的!"

"走了,为什么?"我觉得血一下子涌到了脸上。

"她妈妈那个地方有学校了,就把她接走了。我没文化,也没法儿帮助她……进屋坐坐吧!"

"她没提展览的事吗?"

"没听她说。"老奶奶摇摇头。

"嗯,她爸爸也在江西工作?"我心不在焉地问。

"唉！她爸爸在一次事故中死了……"老奶奶开始用衣襟擦起眼角来。

我心头一震，再也不知道说什么好了。

当我回到少年宫的时候，崔大爷隔着传达室的窗户对我喊："昨天你上哪儿去啦？柳莲整整找了你一天，都急哭啦……"

顿时，我的心往下一沉，内疚、后悔、惆怅的情绪一齐涌来。

第八个故事　作文与做人

那是一个六一儿童节的上午,我在北京一个很大的宾馆参加全国小作家协会成立大会。代表小作家发言的女孩给我印象很深。她是个初一的学生,来自湖北的桑植县,有严重的糖尿病。主持人说,现在她身上还带着胰岛素注射仪……

我心中暗想,孩子身体这么不好,应该好好休息,可她为了写作,远道而来……

到了下午,我们与会的作家被分配到不同的房间,每个房间都有一群爱写作的孩子等着我们。

我来到其中一间,那里大约有三十个读小学或初中的孩子,他们来自两个省份的不同学校,但都是文学爱好者,都曾经在报刊上发表过一两篇小文章。我走进去的时候,看见了早晨代表小作家发言的那个女孩,她叫赵梅。

房间里只有两个沙发,我坐一个,赵梅坐一个。我眼前的茶几上有两个玻璃杯,我注意到了,杯子里都有喝剩的残茶。没有人想到为我倒一杯水。

"张老师,您看看我的作文……"我刚坐下,同学们就围上来递上他们的作文本让我评价。

我告诉他们:"我要是看一个人的作文,别的同学就要等着……我们就一起座谈好不好?"大家齐声说好,然后坐下,有的就坐在我眼前的地毯上。

我们正在谈话的时候,赵梅的头朝边上一歪,显出很难受的样子。我连忙问她怎么了,赵梅痛苦地摆摆手。

就在这时,我面前的两个孩子居然对我说:"老师您不要管她,接着给我们说……"

我当时很震惊,看到身边的同学得了病,怎么能这样冷漠呢?怎么这样没有同情心呢?这样的品德,就是当了作家又会怎么样呢?

我又问赵梅要不要去医院,赵梅还是摆摆手。我扶着她到床上躺下,她说她过一会儿就会好的。

我回到沙发前,指着桌子上的两个茶杯对面前一男一女两个孩子说:"你们去把杯子洗干净,然后给赵梅同学倒一杯水,再给我倒一杯水……"

两个孩子很不情愿地各自拿着一个杯子进了卫生间。过了一会儿他们回来了，把空杯子放到我面前的茶几上——没有准备倒水的意思。

我当时就想，这些孩子既不是我的家人，也不是我的学生。我这样要求他们，他们会听吗？会不会把事情搞得很尴尬？于是我自己拿起暖水瓶给赵梅倒了一杯水，让她好好休息，然后我又给自己倒了一杯水……这时候，我真的忘了刚才作文讲到什么地方了。

我特别想说："同学们，与人为善、有同情心，这是我们做人必须要有的品质呀！老师没有对你们说过送人玫瑰，手有余香，给别人爱，自己才能得到爱吗？"

对于讲座，学校负责人往往很重视，他们会把作家来学校当成一件大事。他们在作家和全体同学见面之前，会先在大会议室请学校的小记者来和作家座谈。

南方的学校相对北方的学校有许多不同，其中有一点是非常明显的，会议室的椅子——按大小来说应该称作沙发——都是木质的或是竹质的，不像北方沙发大多是人造革的。我想一个原因是便于清洗，另一个就是南方的天气热的缘故吧。

有一次，在一个学校，我就坐在这样的木质沙发上。屋里有二十多个人,校长也在座。当时是 11 月份,天气比较冷,我穿着一件棕色的棉布夹克衫。一个小记者坐在我的身边。这是个非常活跃的女孩,她从茶几上的盘子里拿出一个小番茄递给我,我放在嘴里感到甜滋滋的,开始听她提问题。

她说:"张伯伯,我看您不像个作家。"

我一愣,走过这么多学校,很少遇到这样的问题,大多数问题都是如何写作文、怎么读书、您是什么时候开始写作的……

于是我很有兴趣地问:"作家应该有什么固定的样子吗?"

她说:"我们心目中的作家应该都穿得很帅。"

"我穿得不帅吗?"

小记者摇摇头:"不帅,张伯伯穿得有点儿土,穿的也不是名牌皮鞋。"

"你怎么知道不是名牌皮鞋?你又没有看我皮鞋的牌子。"

"名牌皮鞋都是很亮的。"小记者认真地回答。

如果时光倒退二十年,或者十年,我会毫不犹豫地回答她:"穿得朴素不好吗?为什么非要穿名牌呢?旧衣服就不能穿了吗?"可是现在,不知道这些话为什么说不出口。

我有些尴尬地笑起来,屋里的人也都微笑地看着我。

我只好说:"我这个人穿衣服比较随便,尤其不愿意穿西装,穿上了就觉得浑身不自在。再说,我觉得作家不是靠外表和大家交流的,而是以作品和大家交流,所以我不太讲究穿着……"

小记者礼貌地笑笑,也不知道她是不是理解了我的想法。

这件事情就这样过去了,可是她的问话却在我的脑子里挥之不去。

和全校同学见面的时候,我又特意提出这个话题。

我半开玩笑地说:"有的同学说我穿得有点儿土,我却自以为很潇洒,大家回答我,我穿得土吗?"

会场的回答大约是一半对一半,土和不土的声音都不是太响亮,但是很清晰……我明白了,觉得我穿得有点儿土,不是小记者一个人的观点。小读者帮我想想,我该怎么办呢?

我小时候,许多同学都穿带补丁的衣服,不是赶时髦,而是生活困难。那个时候不是衣服有没有补丁的问题,而是用缝纫机还是用手补的问题。手工补的比较土,缝纫机补的就帅多了……

小同学的年龄不大，但有时候却说些大人话，有些话还让我大吃一惊。有一次，我在操场上给同学的书上签名，许多同学一面看热闹一面聊天儿。

有个女同学的声音吸引了我，她说话的内容就是不喜欢她的老师，她一直在说老师"倍儿厉害，倍儿厉害，一点儿都不喜欢她……"听着听着，我发现她改口了，说她们的"老师特别好"。这时我抬起头，看见有位女老师正从她身后经过，我恍然大悟。

现在的孩子是不是太世故了，怎么因为知道老师过来了就至于这样呢？

现在小学五六年级的学生，尤其是女孩子，无论是身高还是言谈话语确实显得过于成熟，以前我总觉得至少初三的孩子才会这个样子。

在我将要离开校园的时候，身边围绕着许多孩子，刚才说老师"倍儿厉害"的女孩就在其中。她对我说："张老师，您把您的QQ号留给我吧。"

我告诉她，我没有QQ号，但我可以把电子邮箱告诉她。我说："我把我的邮箱地址说一遍，你能记下来就算咱俩有缘分，记不下来就算了。"

我把我的邮箱地址说了一遍。

这个小女孩点点头，又说："我给您兜里塞了封信，您

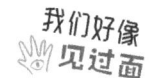

一会儿记得看。"她动作非常迅速,我都没看见她什么时候放的。

出了校门之后我就把它拿出来看,那封信像新年贺卡一样,里面详细地写着她的星座、出生年月日、年级、班级,还有 QQ 号。

回到北京的第一天,我就在邮箱里看见了她发来的邮件,邮件的开头有句话——"人不要脸,天下无敌。树不要皮,必死无疑。"

然后她写道:"张老师,您还记得我吗?我就是给您信的那个女生。"

我对她信中的第一句话感到很奇怪,小小年纪为什么要写这样的话呢?所以我给她回了信:"接到你的信,我很高兴。但我特别忙,可能无法经常给你回信。我想问问你,信的开头为什么要写那句话呢?"

她的回信上依然有那句话,她说:"张老师,我觉得那是真理呀!"

我的心一下子沉了下去。

看着她的来信,我亦喜亦忧,这个孩子活跃、开朗,有很强的交际能力。但她的邮件和她对老师的反应,却显示出与她年龄不相称的成熟和世故。

经典重读

遗憾的成熟

在一所重点中学里,我坐在教室后面听一位老师讲课。

老师讲到三国时期,曹操的儿子曹丕在父亲死后逼迫自己的弟弟曹植在七步之内作成一首诗,要求是不许提"兄弟"的字眼儿,但却要有"兄弟"的含义,否则就要被处死。

曹植悲愤交集,沉吟片刻,开口吟道:"煮豆燃豆萁,豆在釜中泣,本是同根生,相煎何太急。"

老师注解道:"这首诗的故事反映了在封建社会中,人与人之间尔虞我诈的关系。"

坐在我前面的两个男同学窃窃私语。一个说:"封建社会中人与人之间的关系也有好的呀!"另一个说:"就是呀,孔融三岁让梨不就是很好的例子吗?"

听到他们的对话,我很想鼓励他们这种独立思考的精神,于是写了张纸条递给他们。纸条上这样写着:"议论得很好,请向老师提问!"

两个同学互相看了看,把纸条放在铅笔盒里,一直到下课他们也没有提问。我问他们为什么不提问,两个同学笑笑,很成熟地说:"这怎么能问呢!老师要是没有准备怎么办?再说这个问题也很难回答,这不是给老师出难题吗?唉!不问也罢。"

我心中暗想:真是少年老成啊!我本来是想鼓励他们的创造性思维,结果他们比我还世故……

无独有偶,这样的事情我还碰到过一件。

在一次全国儿童电影评奖活动中,为了听取少年儿童的意见,选出他们最喜欢的影片,主办单位不但设了一个由上万名观众投票决定的奖,同时还设有一个小评委奖。小评委会是由初中生和小学生共九名学生组成的。他们都是各个学校选出来的有独立见解、表达能力比较强的孩子。

在参赛的影片当中,有一部节奏比较慢、故事性也不太强的情绪性影片。我们估计少年儿童不会太欢迎。万万没想到它在小评委会上得了全票,这个结果让我们这些成年人十分惊讶!

真是丈二和尚摸不着头脑,没过多久,小观众投票的结果也统计出来了,情况恰恰相反——这部影片得了倒数第一。都是孩子,为什么有这样大的区别?有一天,我在吃饭的时候,问一个小评委他最喜欢哪一部影片。没想到他的回答和小观众投票的结果是一致的。我奇怪地问:"那你为什么在小评委会上却投了另外一部电影的票呢?"他先是一愣,然后一本正经地说:"喜欢归喜欢,评奖归评奖,这部片子高雅、有内涵、有味道……"

这回轮到我愣住了——如果不给自己喜欢的影片投票,那么设立小评委会还有什么用处呢?我有一种强烈的感觉,他们在迎合成人的心思,他们也想用成人的眼睛来看待这个世界。他们可能认为,投给这样的影片一票,才显得他们有水平。可能连他们自己也没有感觉到,他们嘴里说出的并不是自己的心里话。如果他们的年龄比现在大二十岁,我是毫不惊讶的。但,他们才是十几岁的孩子!

令人尴尬的是,这部影片在成人评委会上也没有得到认可。

我不能不遗憾于这些孩子的"成熟"。

我觉得,青少年最可贵的品质就在于天真直率,敢想敢说,富于幻想,勇于创新。正是有了这些品质,才有了"长江后浪推前浪,一代新人换旧人"的社会进步和发展。幼稚并不是缺点,它是一个人成长道路的出发点。如果小小年纪就学会察言观色,处世圆滑,那才是最可悲的事情。

孩子们的学业负担已经很重了,除了学习就是考试。有人担心,现在的孩子已经没有快乐的童年了。没有童年已经很不幸了,如果再没有童心那岂不是更可怕吗?

还记得安徒生的童话《皇帝的新衣》吗?还记得那个说皇帝什么都没穿的孩子吗?他不是很可爱吗!

千万别当小大人儿!千万别学着大人的腔调说大人话!

第九个故事　我不愿意长大

在北京的一所小学,我问孩子们:"你们愿意长大吗?"

孩子们纷纷议论。我说:"不愿意长大的请举手。"

没有想到,有几乎二分之一的孩子举起了手。我问眼前的一个女孩子为什么。

她说:"我不愿意长大,长大了就要结婚,就要生小孩儿,我看见我的妈妈生我的妹妹,非常痛苦,我不愿意长大……"

在另一所小学,我又问了这个问题。

一个虎头虎脑的男孩子走上台来。他说:"我不愿意长大,长大了要做更多的作业,长大了会离开爸爸妈妈,长大了就会去世……"说到这里,他的声音已经哽咽起来。

他的回答说得我心中也酸酸的。

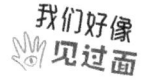

我更没有想到的是很多同学举起了手,要回答这个问题,好像我触到了他们最敏感的神经和最脆弱的心灵。

我不敢再继续下去,于是我说:"我给大家讲一个笑话吧……"

从那次开始,讲课中,我不敢再问孩子这个问题。

三十年前,我看过一部苏联的儿童电影,名字叫作《我不愿意长大》,内容是一个名叫阿廖沙的小学生的日常生活。放学后他要跟着妈妈学习体操和舞蹈,要跟着爸爸学习游泳,还要上辅导班。他经常受到大人的表扬,并且被其他孩子羡慕。在片子就要结束时,大家问阿廖沙长大了要做什么,阿廖沙出人意料地说:"我不愿意长大。"

我坐在电影厂的放映室里,看着影片,听着王澍老师的现场口译。王澍老师在电影《小兵张嘎》中扮演翻译官,在《兵临城下》中扮演牛师长,不为大家所熟知的是他的俄语非常好。

我当时觉得这个题材非常新鲜,同时心中有些感慨。在我的认知里,少年儿童都是愿意长大的,而且渴望早早长大——报答父母,报效祖国。

三十年后的今天,当我再问起孩子这个问题的时候,我万万没有想到……

是他们比我们小的时候脆弱了吗,还是有什么其他的原因?但我不希望他们这样成长……

人的一生不是一帆风顺的,总会遇到大大小小的坎坷。在北京一所学校的一个班级里,我给每个同学发了一张白纸,让大家回答:"你遇到过挫折吗?你是如何克服的?"

有一个同学写道:"什么是挫折?挫折是通向成功的桥梁。"还有一个同学写道:"人的一生一定会遇到坎坷,我勇敢面对!"

北京电视台有个关于青少年成长的栏目叫《争上游》。有一次,编导组织了一期关于离异家庭话题的节目。录制节目的那天,台上左边的桌子旁坐着四个单亲家庭的中学生,他们全部来自北京的同一所中学。台上右边的桌子旁坐着与他们一起生活的父亲或者母亲。台下的观众就是他们本校的同学和老师。特别值得一提的是,与单亲学生不在一起生活的另一位亲人也来到了现场,默默地坐在不被人注意的角落。只有一个女孩的母亲没有来,在那个女孩五岁的时候,母亲就离开了她,十年来她从未见过母亲一面。

当女孩讲述她目前的家庭情况的时候,台上台下一片

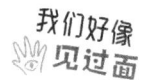

唏嘘。在一般人的心目中,父母虽然不在一起生活,但十天半月,孩子还是可以与不在一起居住的父亲或母亲见上一面的。

女孩开始很坚强,但在谈话结束的时候,她突然哭了:"我特别想见我的妈妈——"

台上的另一个男孩站起来。

主持人问:"你现在跟谁在一起?"

男孩指着对面:"跟我妈妈在一起。我今年上高一,他们分手时我上初二。跟妈妈一起生活是我自己的选择。"

"能告诉我们为什么这样选择吗?"

"因为妈妈是女的,女的比男的软弱,妈妈需要一个男的帮助她,我要帮助妈妈,因为我是男的。所以我要跟妈妈一起过。"

"你抱怨你的父母吗?"

男孩摇摇头:"我把它当成一次坎坷,我要勇敢面对!"

看着这个理着小寸头、嘴唇上方刚刚有些小绒毛的男生,我想象他上初二时的样子,那还是一个完完全全没有脱掉稚气的孩子呀!我的眼角不由得湿润了,我被他感动了。父母分手没有把他"分垮",他变得更加坚强了。

节目录制结束,令人意想不到的戏剧性场面出现了。

一个中年女人走到后台的办公室,她就是十年没有和

103

女儿见面的那位母亲。她执意不让摄像机拍摄她的正面，以至后来我们在画面里只看到她背对着镜头和女儿相拥痛哭。

我很钦佩编导们的工作，因为这不是一台戏，这是一片人世间实实在在的真情。要说服单亲家庭的孩子走进演播室，面对他们的老师和同学，面对广大观众，这需要做多少艰辛的工作呀！但是，更让我钦佩和感动的是那些走上荧屏的学生，他们坦然而勇敢地面对生活给他们带来的困难和坎坷。在父母分手以后，他们从阴影中走出来，从抱怨和痛苦中走出来，面对阳光说："坎坷，我勇敢面对！"

除了极特殊的情况，没有一个人愿意自己的父母分道扬镳。每个人都希望父母和和睦睦，白头到老。当有些我们不愿意看到的事情发生的时候，我们当然要尽自己的努力让他们重归于好。但当事情无法挽回的时候，我们也不能让自己陷入永远的痛苦之中，更不能因此而自暴自弃。父母有他们相对独立的经历和感情世界，我们有权提出意见，但我们无权替他们做决定。最关键的是，我们有权利也更应该做自己前途和命运的主宰。

父母离异不是所有人都会遇到的问题，但遭遇挫折却是每个人都无法避免的。

不管你愿意不愿意，每个人都要长大。长大的确会遇

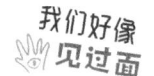

到一些我们不愿意遇到的烦恼,但是一个人如果有了信仰,有了理想,有了希望,有了责任和使命,他就会勇敢地面对未来,面对生活中的一切艰难险阻。

我记得我上中学的时候,读过一本书——《钢铁是怎样炼成的》。其中有这样一句话:"人最宝贵的是生命。生命对于每个人只有一次。人的一生应当这样度过:当他回首往事的时候,不会因为碌碌无为而羞耻,也不因虚度年华而悔恨,这样,在临终的时候,他就能够说:'我已把自己整个的生命和全部的精力献给了世界上最壮丽的事业——为人类的解放而奋斗。'"

《史记》的作者司马迁在写给其友人任安的一封信中说道:"人固有一死,或重于泰山,或轻于鸿毛。"充分表现出了他为实现可贵的理想而甘受凌辱、坚忍不屈的战斗精神。这些英雄和先贤留给我们的诗篇鼓舞着、激励着我们长大成人。

现在的家庭和学校对孩子们太溺爱了,唯恐孩子受到一点点委屈,孩子就免不了变得很娇气。虽然家庭条件不同,但是家长大多有这样一种心态:宁肯自己节衣缩食,也要让孩子吃最好的、喝最好的、用最好的……除了物质上的娇惯,精神上的娇惯更让我们的孩子惧怕困难,不敢面对未来。

经典重读

给十四岁女儿的一封信

弛弛：

现在已经是夜深人静了。

爸爸在给你写信——这是我当爸爸以来第一次给你写信。

明天是你十四岁的生日。爸爸妈妈早早就想，送给弛弛什么礼物呢？送生日蛋糕，送玩具，送精美的钢笔、日记本，还是去吃麦当劳？这些东西已经不能带给你任何惊喜了——因为你已经司空见惯了。你再不像我们小的时候，父母能给买一双白球鞋或者一件新衣服就已经高兴万分。于是我就想，我在十四岁的时候，是怎么过生日的呢？我是因为什么礼物而高兴的呢？……想来想去，不记得有谁给我过过生日，更没有人送我任何礼物。只是依稀记得，当看见有些老人做寿的时候，我问你奶奶，我什么时候做寿？你奶奶说，小孩子家做什么寿！

我十四岁的那一年，正上初中三年级，我清楚地记得我看过两本书,一本是《居里夫人传》,另一本是描写罗马奴隶起义的小说《斯巴达克斯》。

时隔三十年,至今我还记得,年轻的玛丽·居里艰苦求学的情景。冬天,她住的那间阁楼里没有火,毯子又很薄,睡觉的时候,她就把凳子压在毯子上,这样似乎就更暖和一些。

至今我还记得,斯巴达克斯在一只胳膊脱臼的情况下,他居然能够用另一只胳膊和一把短剑凭着坚忍的意志爬上十几米高的城墙……

他们的精神对我后来的事业和生活起过很大的作用。

上大学的时候,我参加了一次三千六百米的越野赛跑。跑到后来,我的腿迈不动了,眼睛也被泪水模糊了。斯巴达克斯的形象却清晰地浮现在我的脑海里,他"支持"我跑完了全程……还记得在你出生刚几天的晚上,因为我们住的房子小,我只好到厨房,伏在我们切菜的小桌子上写作。我觉得我要学习玛丽·居里那种不怕艰苦的精神……

我在十四岁的时候,觉得自己是个懦弱的男孩子——没有强壮的身体,也没有拔尖儿的学习成绩。我当时在北京十三中上学,全校都是男生。我报名参加足

107

球队,人家不要我,说我是"绿豆芽"。有个同学趁机嘲笑我,说我什么都不行。那一刻,我的确有些自卑,但我没有气馁,我继续努力。

今天,爸爸虽然没有取得什么伟大的成绩,但我写了十几本书,我的作品受到那么多孩子的欢迎。我就想,一个人的现在不能代表他的将来,不论成功与否,只要我努力了,就是有意义的人生。

弛弛,一个人要有自信心,不要怕批评,也不要怕挫折。这些东西就像你最初不大爱吃的橄榄,开始有些苦,但回味起来却是甘甜的。

我和你妈妈几乎每天都在唠叨你,希望你能名列前茅。但每天早晨,爸爸听见你自己起床、给自己做早饭,然后轻轻关上房门的声音,心中都会不由得一动。那关门声每天都给我很大的慰藉,它让我想起全家的碗筷都由弛弛刷洗的情景。弛弛不娇气,弛弛知道心疼父母,弛弛是个懂事的孩子……

夜深了,爸爸的眼也有些花了,爸爸还想再跟你说点什么。孩子,有些礼物是有形的,有些礼物是无形的。有时候,无形的礼物比有形的礼物还要珍贵。有些礼物是可以用钱买来的,有些礼物却是无价之宝!它所给你的精神上的力量会伴随并支撑着你的一生!

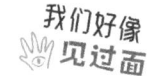

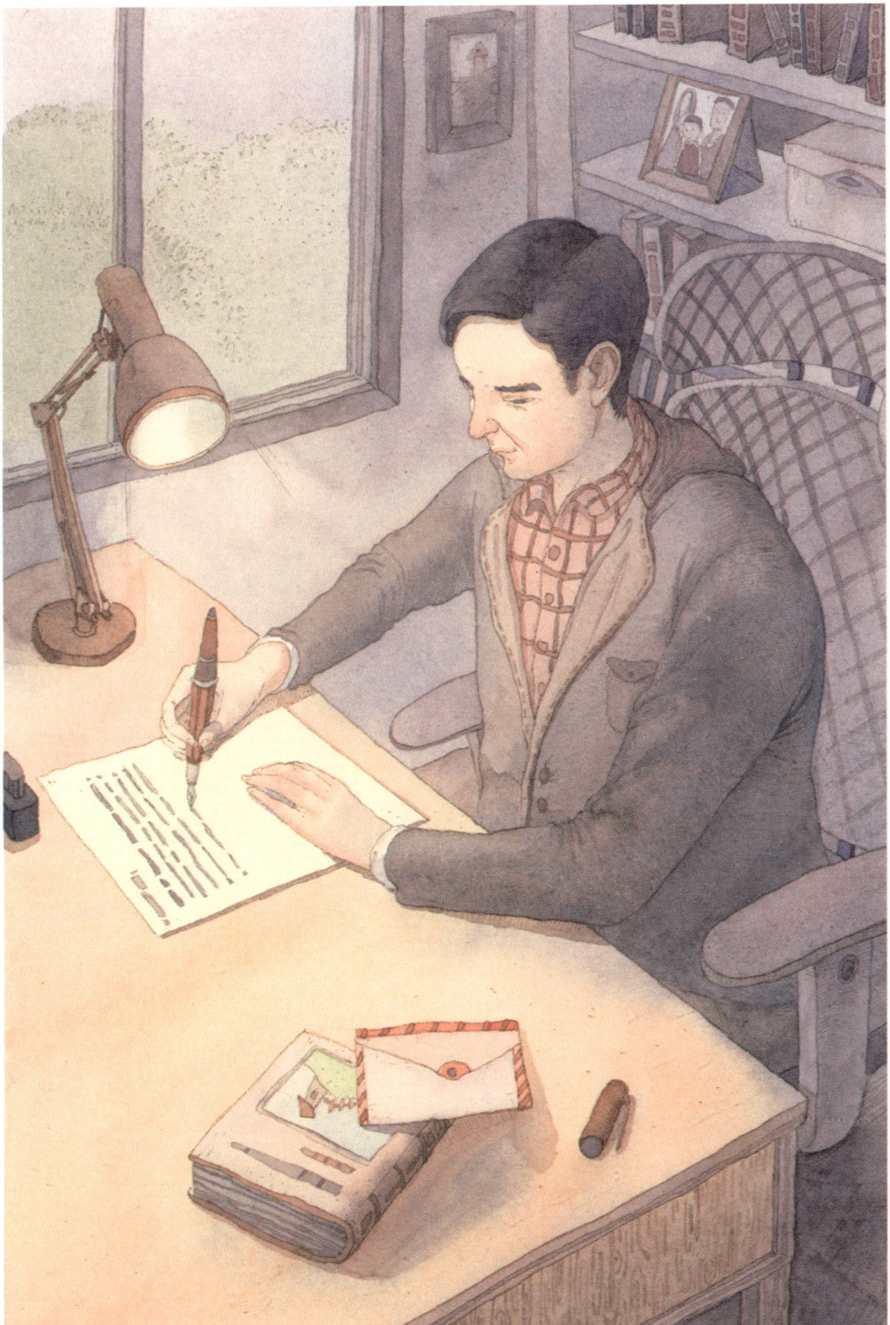

第十个故事　花帽子和大棚

有一天,我到一个学校给五年级的同学讲课,一个同学问我:"张老师,您是属什么的?"

我老老实实地回答:"我是属鸡的。"

没有想到,同学们都笑起来,一面笑一面鼓掌。后来我才知道,这个年级的同学都是属鸡的。这个问题有意义吗?似乎没有,但是它有意思,让我们相互之间拉近了距离,让我们感到高兴。说实在的,我很喜欢这种有"缘分"的问题。

还有一次,我给初二的同学讲课。我说,2003年,中国发生了一件很大的事情。我的话音还未落,同学们就一齐喊起来:"'非典'——"

我惊讶这些孩子对"非典"怎么记得这样清楚。我就问大家:"那年你们可能还没有出生吧?"

全场的同学都笑起来:"我们都是2003年出生的——"

我于是说:"恭喜大家,2003年中国还来了两位世界级的大人物,一位叫霍金,另一位叫纳什——他是诺贝尔经济学奖的获得者,也是电影《美丽心灵》的主人公……"

到学校的操场上讲课,经常遇到日晒的问题。学生坐在阳光下,眼睛睁不开。这种时候,我宁愿被晒着的是我,当然,最好有把遮阳伞或者一顶帽子。

那天学校安排学生都背阴坐着,我坐在阳光下,可是没有伞,也没有帽子。

我只好手搭凉棚,好让眼睛能够睁开。

一位中年女教师走到台前,把她手里一顶宽边的女士软帽递给我,上面还缀着一朵大红花。

我笑着感谢说:"这帽子我怎么能戴呀?"

女老师说:"您把红花挪到后面就成了……"

我戴了大约一分钟,心里想着台下的学生不知道怎么看一个戴着大檐女帽讲课的男老师。我还是把帽子摘了下来,继续手搭凉棚……

过了十分钟,有人送来一顶长舌小红帽,我心安地戴上了。这时候一个小女生悄悄走上台对我说:"我们老师说,那帽子您要不戴,她还要戴呢……"

我急忙把那顶女帽递给小女生。不知道为什么,这件事情我现在想起来还想笑。

我到另一个学校讲座,操场上搭了很大的棚子。五块很宽很长的布,一端在楼顶,另一端系在操场的球门和一些临时竖起的柱子上。这是个很奇特的大棚,把半个操场都遮挡起来。棚子虽说简陋,但是也要花不少钱,费不少人力呢!

校长在我开始讲座前致词说:"我对张老师不太了解,但是我听一个校长告诉我,张老师到了会场就说'让我迎着阳光吧,不要晒着孩子们'。那一刻,我就对张老师很佩服,因为他的心里想着同学们。今天,我们在学校支起了大棚,既不晒着张老师也不晒着同学们……"

大家为校长鼓掌,我也为他鼓掌。我还暗自高兴,觉得这个世界还是温暖的。这不就是前面那个同学说的金雨滴吗?校长说的话就是落在我肩膀上的金雨滴呀!

有一天,我在一所大学的"二附小"讲课,当然讲了"给个萝卜吃吃"的故事。第二天又到这所大学的"一附小"讲课。当我讲到"给个萝卜吃吃"的故事的时候,一个小男生说:"我听过……"

我一愣,老师讲课担心的事情之一就是学生提前知道自己讲课的内容,于是连忙问:"你听谁说过?"

"我哥哥说过。"

"是表哥吗?"

"我亲哥——"

一旁的老师告诉我,这是一对双胞胎,爸爸带着哥哥在二附小上学,妈妈带着弟弟在一附小上学……我明白了,我昨天在二附小讲过这个故事,哥哥回家就对弟弟说了,可见这个故事受到了孩子们的喜欢。我心里踏实了。

双胞胎还比较好遇到,可是遇到三胞胎就有些难了。有一次我在一个新华书店讲课,一个老师领着两个女孩走到我的面前,对我说:"张老师您看,他们都很喜欢您。我一抬头,看见两个一模一样的女孩站在我的面前。还没有等我表示欣喜,另一个女孩又被老师推到面前,我愣住了,眼前出现了三个相同的女孩,高矮一样,长相一样,穿着打扮也一样。

我又惊又喜地看着她们,然后忍不住问:"谁是姐姐?谁是妹妹?"

老师微笑着摸着一个孩子的头说:"这是大妮!"又摸着另一个女孩的肩膀说:"这是二妮!"然后他指着最后一个女孩说:"这是小妹妹。您猜猜,她叫什么?"

我不假思索地说:"她一定叫三妮!"

听我这么回答,大家不由得笑起来:"错了——"

"那叫什么?"我有些奇怪。

"小妮——"大家一齐回答。

我愣了一下,仔细想想,"小妮"也合理呀,为什么我就猜"三妮"呢?这就是思维定式吧?

还有一次,一个五年级的男生提问题。他很庄重地说:"张老师,我问您一个您工作上的问题可以吗?"

我说:"可以——"

他说:"您在国务院的哪个部门工作呀?刚才听介绍说,您是被国务院授予特殊津贴的专家。"

我不由得笑起来,又有几分不安。许多老师在介绍我的时候,用的是从网上找的资料。其中有一条是"享受国务院特殊津贴的专家"。这是个许多人都享受的待遇,是个小荣誉,但也不值得总在介绍时提及……

孩子们不懂,就误会成我在国务院工作了。我说:"如果有一天,你被团中央授予优秀少先队员的时候,不表明你就在团中央工作了。"

那孩子点点头。

看来大家都有被思维定式"绊住"的时候。

每次想起这些在学校里发生的有趣的事情,我都感到自己很幸运。同学们在听我讲课的同时,也给了我许多温暖和智慧。

经典重读

献花的故事

上小学五年级的那年,有一天上午,我和同班的一个女生被叫到辅导员赵老师的办公室。走进屋,我发现还有几个外班的同学,我们总共有十个人。我们互相看看,都有些奇怪,不知道叫我们来干什么。

赵老师告诉我们,再过几天,要在北京政协礼堂召开一个国际性的妇女代表大会,许多尊贵的外宾要来出席。我们小学接受了一个重大而光荣的任务——给外宾献花。

我们大家都很兴奋。

"你们是从全校几百名少先队员中挑选出来的!你们要代表全北京甚至全国的少年儿童去献花!这是多么

荣幸的事情啊！"赵老师的眼睛在眼镜后面闪闪发光。

　　赵老师从一个柜子里拿出几套衣服在我们面前展开。那是多么高级而又漂亮的衣服哇！雪白的衬衫是绸子的，裙子是毛呢的，米色的长裤上有些暗暗的条纹，红领巾是缎子的，比我们平时戴的要大，边还是锯齿形的。

　　献花的那天，我们在赵老师的办公室换好衣服。大轿车把我们拉到礼堂。我的同班同学马玉慧被指定给大会的主席、来自法国的某某夫人献花，其他人按照次序一对一地献花。当乐队开始演奏的时候，我们从旁门跑进礼堂。这个流程我们在前一天已经演练过好几回。不料，那天主席台上的外宾少了一个，我只好把花献给了一个已经有了花的老太太。等我跑下台的时候，同学们都已经出了旁门。我急忙跟了出去，发现大家正围着马玉慧看什么东西。原来是那位法国的某某夫人给了马玉慧一个小手指大小的"巴黎铁塔"——长大了我才知道那叫"埃菲尔铁塔"。那古铜色的小铁塔上面还有个带别针的小链子，可以别在身上。大家真是羡慕极了……

　　不知过了多长时间，旁门开了，那些黄头发蓝眼睛的夫人们出来了。我们就在赵老师的带动下鼓掌欢送。夫人们从口袋里掏出一些精美的纪念品递到我们的手里。几分钟工夫，我的手里就攥了六枚纪念章。

回学校的汽车上,我们每个人都不由自主地"清点"着自己的纪念章,互相传看。我得到的礼物中也有特别漂亮的,那是一枚银白色的波兰版图纪念章。波兰首都华沙的位置镶嵌着一颗红色的小圆珠。版图的上方有小铜链连接着一枚别针,也可以别在身上……

回到学校,赵老师说:"今天得到的纪念品都要交给学校,放在学校的纪念室里。因为你们不是代表你们个人去献花的……"

屋里顿时安静下来,没有一个人说话。

我的心中非常懊恼,我太喜欢那枚纪念章了。我动了个心思,想把那枚我喜欢的藏起来,把其余五枚交上去。这个想法一经产生,我心里就非常矛盾:我这样做是不是和偷东西差不多呢?万一被老师发现怎么办呢?

鬼使神差地,我把那枚纪念章轻轻攥在手里,极力装作没事一样换衣服。我把换下的衣服和另外五枚纪念章放到了赵老师眼前的桌子上。当我穿着自己的衣服走出校门,松开手时,那枚"波兰版图"上都是汗水。

得到纪念章以后,快乐的感觉没有了。代替它的是一种痛苦的煎熬——老师会不会发现呢?我这样做算是个多大的错误呢?我就这样心神不定地过了一天。

第二天下午,我终于熬不住了,一个人来到办公室,装作很随便的样子对赵老师说:"昨天有一枚纪念章忘交了。"赵老师正和别人聊天儿,好像交不交都无所谓的样子:"放这儿吧。"

走出办公室,轻松和遗憾一齐涌上心头。我不知道我做错了什么,也不知道我做对了什么。

第十一个故事　四十一封来信

有一次,我来到浙江省的宁波市,那里有个区,叫鄞州区,原来是个县。很多人可能不认识这个"鄞"字,我本来也不认识,到了那里我才知道,这个字读 yín。

我来到一所小学讲座。同学们聪明活泼,他们的热情给我留下很深的印象。当我离开的时候,一个男生走到我的面前,递给我一个大牛皮纸信封,庄重而神秘地对我说:"张老师,这是我们全班同学送给您的礼物……请您回家再打开好吗?"

我接过信封,感觉沉甸甸的,真不知道里面放的是什么。

回到住宿的宾馆,我急忙打开信封,这才发现是同学们写给我的信。统一的作文纸,不同的字迹……数了数,一共是四十一封。随来信还附有一个信封,上面写着鄞州某某小学304班全体同学收,信封的右上角还贴着邮票……

我把装着四十一封信的牛皮纸信封放进了我的行李箱,带回了北京。

从那天开始,我的脑子里就一直在想,这信我是一定要回的,否则孩子们会失望的。可是怎么给这些可爱的同学回信呢?

有一天,我决定给全班回一封信,然后送给他们一个小礼物。那时,北京少年儿童出版社主办的《十月少年文学》杂志刊登了我的小说《吉祥时光》。同时他们还做了一些印着我作品插图的精美明信片。于是我决定在每张明信片上再签上我的名字。在六一儿童节的时候,送给每个同学一张。

我签了四十二张明信片,用一个大信封装上,同学们给我准备的那个信封里面有我给全班同学的回信。

我的信是这样写的——

304班的全体同学:

你们好!

今年4月13日,我到你们学校讲课。与大家见面结束的时候,你们班同学的代表给了我一个大信封。

我打开一看,是你们班四十一位同学给我写的信。我把信一封封仔细地读完了,很受感动,谢谢你们!

信的篇幅虽然有长有短,信的字迹也不一样,但是阅读这些信的时候,我仿佛看见你们一双双渴望知识的眼睛,一张张热情洋溢的笑脸。

我将把这些信好好地保存下来,作为鼓励我继续为你们写作的动力。

六一儿童节马上就要到了,我想送给你们每个同学一张祝福的明信片。这卡片是为我的新书《吉祥时光》制作的,书里的主人公小祥就有我小时候的影子,卡片上印着的一段话就是小祥说的。我在每张卡片上分别写上了每个同学的名字。祝福你们!

还有一张卡片是给你们班主任老师的,因为我不知道老师的名字,只好写"老师好!谢谢你!"。

你们给我留下一个回信的信封,我的信就装在这个信封里。

阅读点亮人生!阅读也会点亮你们的未来!祝福同学们节日快乐!

张之路

2017年5月26日于北京

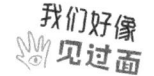

我来到邮局,用特快专递的方式把信寄了出去。大信封上写着鄞州某某小学304班全体同学收。

为了保险起见,我还在信封上写了四个同学的名字。

信发出去的那天起,我就盼望着我能接到手机短信——我在信封上和信里面都留下了我的电话号码。

一天过去了,两天过去了……直到"六一"的那天上午还没有接到消息。我有些着急了。我知道,许多学校都会在这个日子为孩子举办庆祝活动。如果在这个时候,他们能够收到我的回信和礼物,一定会很开心的。

可是到现在也没有一点儿消息。我没有老师的电话,也没有任何一个学生的电话。

这时候,我想起了微信的朋友圈,我的联系人有几百人,万一当中有认识这个小学的老师和同学的呢?我简单地说了事情的原委和学校的名字,然后说:"希望和这个学校有联系的朋友帮忙问一下!我不愿意让孩子们失望!如果你们收到了,请告诉我,快递单上有我的电话。"

我把我的快递单照片发到微信朋友圈里,同时觉得快递单太"孤单",想找张照片一起发上去。很凑巧,我居然找到了一张美丽的照片,那是许多飘在空中的热气球,它们正徐徐地飘向远方……

中午时分,我收到了朋友"舒心小语"的微信,她告诉我:"我马上帮您联系。"十分钟之后,她来信说:"已经联系上了!节日快乐!"

又过了十分钟,我接到了学校张老师的电话,她告诉我快递在传达室找到了。

我又在微信朋友圈里发:"谢谢舒心小语联系!谢谢朋友们!刚才学校的张老师给我电话!快递找到了!没有错过六一儿童节!祝大家永葆真心!"

当天下午,我收到了张老师给我发的两张照片,那是孩子们手举着我送给他们的明信片时的欢乐瞬间。

他们快乐,我更快乐!

给别人快乐,自己一定会得到快乐。

经典重读

在牛肚子里旅行

有两只蟋蟀,一只叫青头,一只叫红头,它们是非常要好的朋友。有一天,青头对红头说:"咱们捉迷藏玩吧!"

"那让我先藏,你来找。"红头说。

"好吧!"青头说完,就闭上了眼睛。

红头向周围看了看,悄悄地躲在一个草堆里不作声了。

"藏好了吗?"青头大声问。

红头不说话,只露出两只眼睛偷偷地看,心想:我只要一答应,就会被青头发现的。

正在这时,一头大黄牛从红头后面慢慢走过来。红头做梦也没想到,大黄牛突然低下头去吃草。可怜的红头还没有来得及跳开,就和草一起被大黄牛吃到嘴里去了。

"救命啊!救命啊!"红头拼命叫了起来。

"你在哪儿?"青头急忙问。

"我被牛吃了……正在它的嘴里……救命啊!救命啊!"

青头大吃一惊,一下子蹦到牛身上,可是那头牛用尾巴轻轻一扫,青头就给摔在了地上。青头不顾身上的疼痛,一骨碌爬起来大声喊:"躲过它的牙齿,牛在这时候从来不会仔细嚼的,它会把你和草一起吞到肚子里去……"

"那我马上就会死掉。"红头哭起来,它和草已经进

123

了牛的肚子。

青头又跳到牛身上，隔着肚皮和红头说话："红头！不要怕，我听说，牛肚子里一共有四个胃，前三个胃是贮藏食物的，只有第四个胃才是管消化的。"

"可是，你说这些对我有什么用？"红头悲哀地说。

"当然有用，等一会儿，牛休息的时候，它会把刚才吞下去的草重新送回到嘴里，然后细嚼慢咽……你是勇敢的蟋蟀，你一定能出来的。"

"谢谢你！"红头的声音小得几乎听不见，它咬着牙不让自己昏过去。

红头在牛肚子里随着草一起运动着，从第一个胃走到第二个胃，又从第二个胃回到牛嘴里。这一下，红头又看见了阳光，可是它已经一动也不能动了。

这时，青头爬到牛鼻子上，用它的身体在牛鼻孔里蹭来蹭去。

"阿嚏！"牛大吼一声，红头随着一团草一下子给喷了出来。

红头看见自己的朋友，高兴得流下了眼泪："谢谢你……"

青头笑眯眯地说："不要哭，就算你在牛肚子里做了一次旅行吧！"

第十二个故事　谜语的故事

有一次,我参加一个新华书店组织的读书活动。在一个宾馆的大厅里,来了大约一百个小学生和他们的家长,会场里总共坐了二百多人。为了鼓励发言提问的同学,我还特意准备了我写的十本书作为奖励。

我通过小故事给同学们讲述读书和写作的体会,中间有不少和同学的互动。同学们很踊跃,也提了不少问题。可是我忘记了送给他们书。

大约一个半小时的工夫,讲座结束了。当大家准备散去的时候,我忽然想起了那十本书。我对主持人说:"你看看这些书怎么送给同学们?"

主持人说:"送给刚才提问的同学们吧?"我连忙说好。

可是没有想到,台下举起了三十只手,而我的书只有十本。

"抓阄吧——"有人建议。许多人赞成。

我当时的第一个感觉就是太麻烦,接着脑子里冒出一个"好"主意。

我说:"我给大家说个谜语,谁猜中了,就把书给谁,好不好?"大家一致赞成,同学们跃跃欲试,似乎一个好玩儿的节目开始了。

"每个人都有一个,每家都有几个,全国也就十几个。请大家猜猜这是什么。"

谜面说完了,我看着眼前同学们和家长的脸。据我的经验,这个谜语是有难度的,如果以前没听过,很难猜出来。

果然,我的面前是一片茫然的脸。

我紧接着说:"猜出的同学不要大声说答案,你们走到我这里来,对着我的耳朵小声说,说对了,我就把书给你。"

让我意想不到的是,呼啦啦,从座位上站起了许多同学,他们来到我的身边排起了队。第一个是个女孩子,她凑近我的耳边小声说:"这个谜底是生肖。"

我愣了一下,这个谜底是正确的,这个小姑娘很厉害呀!现场猜出来很厉害,就算不是现场猜的,是以前知道的,也说明见多识广啊。

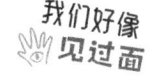

我忍不住问她:"是自己猜的,还是听别人说的?"

"自己猜的——"小女孩说。

我拿起一本书送给小姑娘。

第二个同学走到我身边小声说:"生肖——"我又问他是不是自己猜中的。他说是自己猜中的。我的心中开始产生了疑惑。

接下来后面的同学一一走上来告诉我答案是"生肖",没有一个人换换说法,比如"属相"。

上来的一共是二十个人,答案都对。十本书发完了,还有另外十个同学没有书。我说,我再从书店购买十本书送给大家。话是这么说的,但是我的心中非常失望,我绝对不相信这个谜底都是他们自己猜出的……

当主持人宣布本次活动结束的时候,我说:"我还要问个问题。"

大家一齐看着我。

我说:"刚才有二十个同学说了正确的答案。我现在想问一下,如果刚才不是你自己猜中的答案,而是听别人说的,请把手举起来。"我万万没有想到,二十个同学举起了他们的手臂。

我问一个举手的同学答案是听谁说的。他说:"刚才您问问题的时候,一位家长说出了答案,我听到了,您没有听到……"

二十个同学现在居然都承认了答案是听人家说的,这是我万万没有想到的。

那一刻我的心中感到一阵温暖,我又重新看到了希望。

经典重读

诱惑与操守

这是十年前发生的两件真事。

一辆半新不旧的自行车居然也对一个中学生构成了诱惑。

那一天早晨,他走出家门,在楼道里看见一个通知,大意是说为了整顿市容,凡是在楼前无人认领的自行车三天以后将被清理。他没有在意,但当他走到楼前时,却对那些平时视而不见的"破车"留心了一下,他的视野中出现了一辆六七成新的银灰色的26吋男车。那车的一个脚蹬子的胶皮辊没有了,车锁有些生锈,车胎也没有气了。他暗暗断定这是一辆无主自行车,他想让这车成为自己的东西,尽管他自己有车。他找了把锤子想尽快把锁砸开然后推到修车的地方——万万没有想到,就在他刚刚把锁砸开的时候,车的主人来了。居然是住在同一栋楼里的人,尴尬的场面可想而知。

这事情发生在我所住的楼群里,争吵的时候我正从那里路过,这位中学生反复说着同一句话:"我以为这车是没有主的——"

事后这中学生万分懊恼地说:"这事情太巧了,这主人早不出现晚不出现,怎么偏偏就在这时候出现呢?他这不是做了个套让我往里钻吗?"

一个邻居说得好,别人怎么就不钻呢?关键是你自己想占小便宜。

我的一个女同事最近突然忙了起来,她在为她儿子的同学到处奔走,希望学校不要开除那个同学的学籍。

她的儿子在一家美术学校读书。两年前,她为儿子买了一个很精致的收录两用机,价值七八百块钱。儿子将收录机带到了学校。新鲜劲儿还没有过,这个收录机就不翼而飞了,怎么找也找不到。

将近两年的时间过去了。前些日子,班上的一个男同学带了一个收录机到学校。儿子怎么看怎么觉得眼熟,他找出了自己收录机的说明书,那上面有机器的编

129

号。他又找了一个好哥们儿去"侦察"现在出现的那个收录机机身上的编号。有一天,"侦察员"兴奋地告诉他,编号完全一样。儿子怒不可遏,拿着说明书找到班主任。班主任找到那个同学,那个同学承认是他偷的。班主任又把这件事向学校做了汇报。

儿子心里很痛快,还把这件事告诉了妈妈,妈妈暗暗称赞儿子的机灵和执着。但是学校对那个同学的处理结果却出乎儿子和妈妈的意料。根据校规,学校决定开除那个偷东西的同学。

我的女同事听到这个决定以后,当即找到校长,认为处分过重,并向校长求情,校长却不为所动。女同事对我说:"我早就阻止过儿子,不让他找收录机了。他偏不听,现在他也有些后悔,那个被开除的孩子现在不知道心里多难受呢。"

被开除学籍的孩子的家长更是痛心疾首。这是一个比较富裕的家庭。他的爸爸说:"他什么东西没有呢?电脑、手机、随身听……收录机也有一个,不过没有这个小就是了。那次他说要买一个新的我没有给他买,谁想到他就拿了人家的。"

上面提到的两件事严格说起来还不太一样,前者似

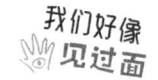

乎是贪小便宜，后者属于盗窃。但本质上都是想把不属于自己的东西据为己有，他们都不是因为生活所迫，只是一种被物质操纵的欲望。

"亲历"了这两件事以后，我突然想起了"操守"这个名词，它指的是我们平时的行为和品德。我们每个人都应该有个行为准则，什么事该做，什么事不该做，要有个限定。比如说不要拿不属于自己的东西，尽管没有别人看见，尽管它很微小，尽管它"没人要"……

没有良好的操守，在诱惑面前是要吃大亏的。什么理想，什么友谊，什么亲情，统统都可以忘记，诱惑就是一个铺满鲜花的陷阱。

当你手拿电视遥控器频繁地变换频道，当你坐在游戏机旁为总也没有"过关"而焦急的时候，你想过没有，是你在操纵电视机和游戏机，还是它们在操纵你呢？它们是主人，还是你是主人呢？

第十三个故事　上学路上

我们上小学的时候，除了一年级刚开学，家长要送，其他的时候就没有家长送了。

至于放学，更没有家长接。但是学校采取了措施。出了校门，一部分同学往北，一部分同学往南，于是就分了北路和南路，每路还有路长。回家的路上学生们都要排好队，半路上一会儿走掉一个，有的是进了家门，有的是拐进了更小的胡同。

那时候有个词比较吓人，那就是"拍花子的"。

"拍花子的"就是拐骗小孩子的人。据说他们手里有种药物，在小孩子头上一拍，小孩子就糊涂了，就跟着他走，由他摆布了。小孩子听到"拍花子的"都很害怕。不过，我上小学的那六年，没有听说谁被"拍"走了。

几十年过去了,现在的小学生放学是什么样子呢?

我到小学讲课结束的时候,经常遇到学生放学。

全国基本都一样:小汽车、自行车、电动车把校门口挤得水泄不通,学校的保安在一边维持秩序;排着队走出校园的孩子一解散,家长立刻拥上来,领好自己的孩子……只有很少的孩子独自回家。

出了校门没走几步就是一些卖零食的小摊。或许是小孩子的天性吧,别人家的吃的总是好的,小摊上的零食是诱人的。于是许多家长就看着孩子吃那些简易的零食……

其实,让我觉得更有意思的是上学的时刻。如果你那个时候站在校门口,你会看到更加美丽动人的景象。

有一天,我到学校比较早,就看小学生上学,看了一会儿我居然忍不住用手机拍起照来。

送孩子的交通工具有小汽车,有电动车,有三轮车。大部分是一个大人送两个孩子——可能是邻居互相帮助吧。

一个骑着三轮的妈妈送完了一个女孩,怀里还有一个,但是她仍然很利索,骑上车就走,怀里的孩子对她来讲,似乎不是什么负担!真是个厉害的妈妈!

一个孩子刚要跑进校门,爸爸大声喊:"水——"于是小孩子又跑回来……

一个男孩子从妈妈的三轮车上下来,到了学校门口,也好像是忘了什么东西,又跑到妈妈跟前,抱着妈妈的头亲吻了一下,才转身跑向学校……

我照相的时候,人家不会等着我摆拍,很多镜头没有抓到,因此有些遗憾。但是我知道,校门口的温暖一定会让所有人感动的,那温暖里还含着满满的希望。

有一年,我到北方的大城市哈尔滨做活动。预定的时间是上午九点,我和出版社的编辑早到了一刻钟,看见学校的大门还关着,就在门旁站着等候。

就在这个时候,我看见几位警察出现了,他们很威风地把在校门口的路上行驶的汽车都拦住了,司机和行人都朝我们这里观望。我问编辑:"不知道是什么重要人物来了,居然戒严了!"

编辑笑着说:"您就是重要人物哇,就是因为您来这个学校,校门口才戒严的呀!"听编辑这样一说,我一愣。我算不上什么"重要人物",学校会为了我戒严?看我纳闷儿的样子,那位编辑笑出声来:"您还认真了。"

正当我百思不得其解的时候,我看见校门里站满了列好队的学生。门开了,在老师的带领下,学生们排着队走出来,快步穿过马路,走到马路的另一侧。警察在维持着路面上的秩序。

我这才发现马路对面还有一个校门,我看见了校门里面的操场,操场的主席台上挂着欢迎作家讲课的条幅。我明白了,这个学校有两个校区,被马路分隔开了。现在学生是要从一个校区到另一个校区。警察把马路上的车辆叫停了,是为了学生能安全过马路。

那一刻我觉得很自豪,这个戒严的原因真的和我有关。那一刻我也很高兴,因为这个戒严是为了保证学生的安全……

经典重读

珍惜我们的家

最近,我的一位朋友家里发生了一件不大不小的事情:上初三的儿子突然提出要搬到外面去住,和另外一个同学住在一起,理由是家里的环境不利于学习。他的父母非常吃惊,奇怪儿子怎么会有这样的想法,因为家里环境并不乱,而且还有人照顾。

朋友把我紧急叫去,想让我问出他的儿子提出外出居住的深层原因,是不是对家长有什么强烈的不满?

那个男孩奇怪地说:"没有什么意见,就是觉得出去好,能安心学习。"这个男孩比较拗,我也没有什么灵丹妙药让他心服口服,只能告诉他《未成年人保护法》中提到家长必须对未成年人起到监护的责任。最后,这个男孩没有搬出去。

新加坡的作家尤今曾经这样描述青少年对家的感觉:

"童稚时代,家是'磁铁',放学钟声一响,心长翅膀,脚踏轮子,一心一意只想飞扑回家。桌上热腾腾的饭菜,母亲脸上的微笑,都是把稚子吸引回家的强大'磁力'。进入青春期以后,家不再是'磁铁'了。这时,它变成了'樊笼',青春焕发的少男少女,把自己看成是可怜的'笼中鸟',他们苦苦挣扎,急欲脱笼而出,飞向心目中那个辽阔无边的天地。父母的关怀与劝告,全都被看成是束缚个人自由的绳子。他们什么地方都想去,唯一不想逗留的地方,是他们自己的家。"

尤今的描述虽然不代表所有少男少女的心态,却讲出了相当多的孩子内心的感觉。

为什么呢?我想,除了不和谐的家庭关系之外,渴望

"自由"是一个主要的原因。那么是什么阻碍了我们的"自由"呢?是父母的管束和限制,是父母的唠叨,还是父母对自己的不理解?

青春期的少年,身体在飞快地成长,性格正在形成。这个时期,我们强烈地希望别人不再把我们当成孩子,我们不愿意对家长言听计从,我们渴望得到别人的承认。我们的自尊心开始建立,我们需要平等,我们想做自己的主、当自己的家。可是在客观上,我们年龄小,我们没有处理复杂事务的能力。我们的兴趣以及思维方式和家长的有相当大的区别。面对父母的教诲甚至唠叨,我们经常这样和父母说话:

"你别唠叨好不好,烦死了……"

"你还有什么不放心的,真啰唆……"

绝大多数父母对我们的爱都是情真意切的,当然也有可能正是这情真意切使他们不能客观地对待我们。如果发现父母无法改变他们的语言和做法,我们自己能不能先改变一下呢?

我们可以说:"您的话我记住了……"这句话是对父母关心的反馈和回应,光是自己心里明白还不够。

"您放心吧!我会注意的……"这句话看似简单,其实是对父母莫大的安慰,也是我们孝敬父母的最珍贵的礼物,因为这是他们最最需要的。

对于父母的教育我们能不能按照这样的公式试一试:第一步,接受父母的爱;第二步,做出回应和反馈;第三步,让他们放心。

这样试一试,会有很好的效果。

早晨,我们离开家,和父母说:"再见。"父母说:"下课早点儿回来。"

傍晚,我们推开门,说:"爸妈,我回来了。"父母说:"洗洗手,快吃饭吧。"

这一切是那样的普通,是那样的容易得到,但你应该感到幸福!因为你有一个家,尽管这是一个简朴的家。你的父母可能不是有权势的人,你的父母可能不是很有钱的人。但他们爱着你。不要等到父母白发苍苍的时候,你才体会到父母当年对你的爱,然后为当年的不懂事让父母伤心而后悔。

要珍惜我们的家,心疼我们的家人。

尤其是我们的小男子汉们。

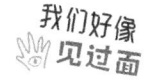

第十四个故事　孩子的礼物

我上小学的时候,同学之间有时候会互送礼物。但那时候家里的生活都很简朴,礼物都很简单、便宜,比如一支铅笔或者一个书签。那时候人们经常说"千里送鹅毛,礼轻情意重"和"瓜子不饱是人心"等名言俗语,告诉人们在朋友面前,情意比物质重要得多。

我给同学们讲完课,大家要我在他们的书上签名。这时候有的同学就会把一支铅笔或者圆珠笔递给我,轻轻地说:"老师,这个送给您……"一支小小的笔,我知道带着孩子们心里满满的感激和友好。每次我都会接过这小小的礼物,拍拍这个同学的肩膀向他道谢。

有的同学拿来他给我画的肖像送给我,望着那些画,我首先看看是不是像我,虽然大部分都实在不像我,但是我被孩子的善良感动。

一个女生走到我的跟前说:"张老师,我有个秘密要说。"我看着她神秘的样子,只好请周围的同学离远一些。那个女生轻轻对我说:"中午到我家去吃饭吧!"我一愣,然后笑着说:"我们还有好几个人呢。"

"一起去吧——"她就像个小大人儿。

我说:"多麻烦哪!"

"不麻烦——我们去买——"她说。

"家里还有别人吗?"

"爸爸在。"

"你爸爸知道吗?"

"知道——"

我笑笑,心里很好奇,我很想跟着她回家吃这顿神奇的午饭,但是又怕不合适。于是我接过她的书,在书上写道:"谢谢你,谢谢你的爸爸,祝全家好!"

有一次,一个男同学递给我一张纸,说:"张老师,这是我写的诗,送给您!"我接过他的诗——

赠张之路爷爷

今日张君来讲座,必要认真闻。

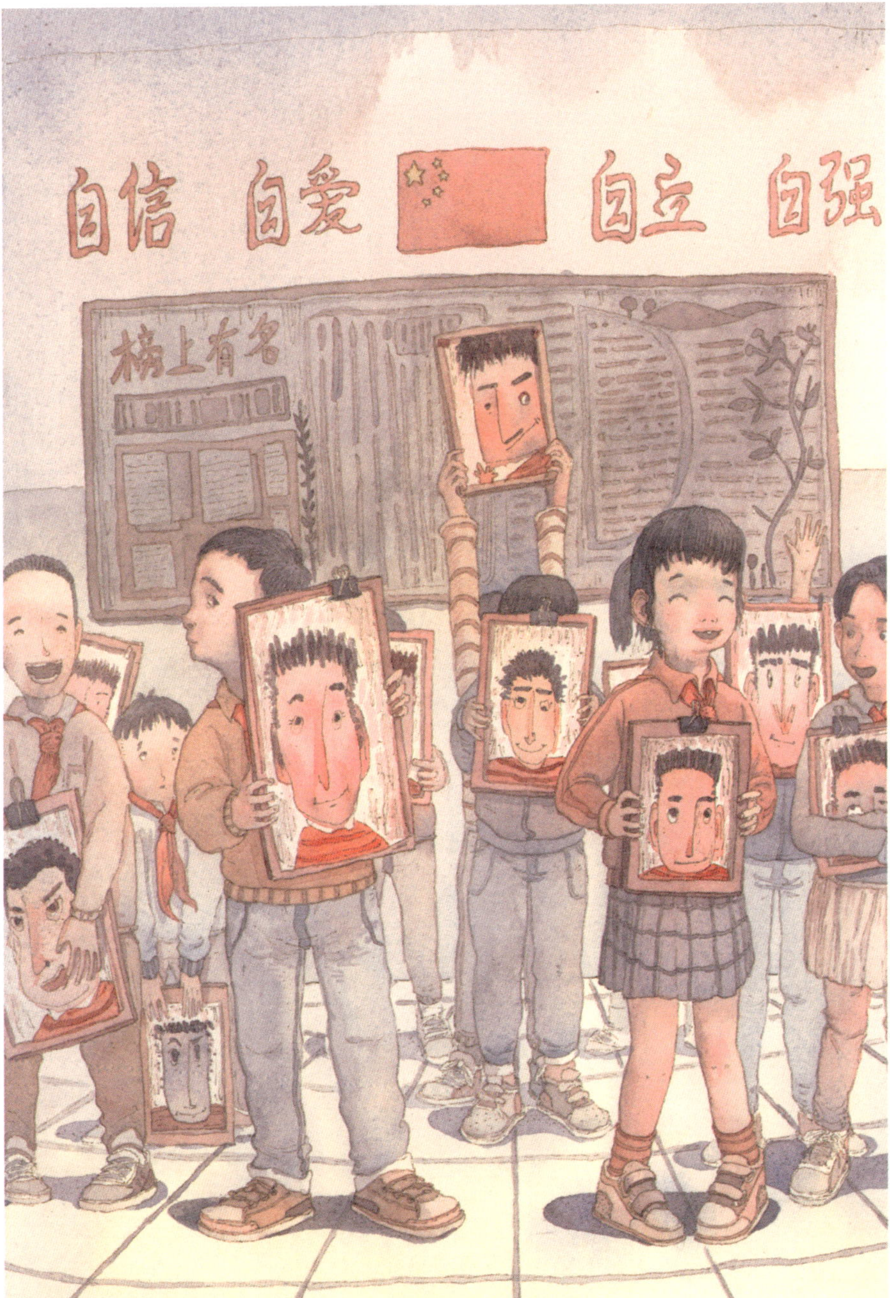
自信 自爱 自立 自强
榜上有名

善写儿童书,请指作家路。

看见他的诗,我笑了,一是感谢他,二是觉得这个孩子像个老夫子。就在这个时候,另一个同学上来说:"我也赠张爷爷一首诗。"我说:"好哇!在哪里?"他说:"我给您写在小本子上吧。"我好奇地把我的小本子递给他,他认真地写下了题目——《望洞庭湖 赠张爷爷》。

我还没有反应过来,等看完全诗之后,才发现这是抄录的孟浩然的诗。

八月湖水平,涵虚混太清。
气蒸云梦泽,波撼岳阳城。
欲济无舟楫,端居耻圣明。
坐观垂钓者,徒有羡鱼情。

人家的诗是赠给张丞相,他赠给了张爷爷,好!孩子的心就是这么朴实。

有的学校把我写的文章改成了小话剧。我的小说《羚羊木雕》被选入初一的课本,同学们就给我演出自己排练的话剧。有的认真的同学还在会场打上了家庭背景的投影,真像那么回事儿似的。

我的童话《在牛肚子里旅行》演出的时候就更让人惊讶了。同学们居然用硬纸板做了一个半立体的黑白的大花牛——有办公桌那么大。在牛肚子上还画了四个胃。扮演蟋蟀的同学就在牛的"胃"里哼哼唧唧地念台词,表明他快完蛋了。站在牛肚子外面的蟋蟀,一边跳,一边鼓励他。

每当我看着孩子们那样认真地表演,我又想笑,又感动!心里默默地在想,孩子们,这是你们给我的最好的礼物!

还有些礼物是孩子们无意识当中送给我的。

我在一所小学观看了这样一场辩论会。辩论的题目是:李白当校长好,还是孔子当校长好?

一般来说,我们都会回答:孔子当校长嘛!可是在辩论会上,就要分为正反和反方。正方的观点是孔子当校长,反方的观点是李白当校长。

正方四个同学,反方四个同学。语文老师站在中间当裁判主持辩论。

辩论中,同学们空前活跃,思路敏捷,佳句频出,有时候争得面红耳赤,场面非常热烈。

正方:李白喝酒,晚睡晚起,怎么能搞好教学呢?
反方:那时候的酒是米酒,小孩儿喝了都没事。
正方:李白在办公室里总抱着一瓶"二锅头",那怎么能行呢？

　　反方：可是，我要提醒正方辩手，你们口口声声说李白喝酒，但是你们没有任何证据证明孔子不喝酒哇！再说，李白还是一个剑客，他当校长，会让孩子们的身体锻炼得更好……

　　看着孩子们的辩论，我也很受启发，我的注意力完全被他们吸引了，深深感到，这样的形式很能激发他们的积极性与创造性。

　　激发学生的积极性、创造性，永远应该是老师们的努力方向。

　　在学校里，讲演和辩论真的应该进入我们的课程。

经典重读

牙刷和梳子

　　上中学的时候，我们经常到农村去劳动，尤其是夏天，小麦成熟的季节。同学们住在一起，吃在一起，劳动在一起。当然,早晨起来洗脸漱口也要在一起。大家从井里提一桶水上来,找一块空地便各自"忙活"起来。

一个同学对我说:"我没有带牙刷,你用完了,借我用一下。"

我心中一愣,虽说当时的生活条件远不如现在,人的文明程度和卫生习惯也和现在没法儿比,即使是这样,我也觉得牙刷是不能乱用的。但碍于情面,我没有明确地断然拒绝。只是一面刷牙一面犹豫:这便如何是好?

正在这个时候,另一个同学"刷"着牙走到我们面前说:"牙刷哪有用别人的?你不怕别人有病,别人还怕你有病呢!"说着他把手指头从嘴里拿出来:"你看,我也忘了带牙刷了,把手指头蘸上牙膏,用指头刷效果也不错!"

那位借牙刷的同学和我互相看看,他把食指洗了洗说:"给我涂点牙膏……"

第二天早晨,我也用手指头试了试,虽说不如牙刷好,但比不刷牙要强多了。这也算是一个应急的手段吧。

以后,我便对那个教我们用指头刷牙的同学格外感兴趣。因为,他不但有"怪招",他还敢说出我想说而不好意思说的话来。渐渐地,我发现他并不是一个什么都能凑合的人,而是一个有条有理的人,一个生活能力很强的人。他爱看书,勇于尝试新东西。他告诉我用手指头刷牙就是他在一本杂志上看到的。碰到困难的时候,他总要想出一些小点子、小办法去克服。

时间匆匆过去了几十年,我没有想到那个用指头刷牙的小事又帮助了我。

经常旅行的人都知道,中国的旅馆有几样东西是必备的:香皂、毛巾、牙刷、牙膏、梳子和卫生纸。而国外即使是比较高级的宾馆有几样东西是没有的,那就是牙刷、牙膏和梳子。我虽然知道这些出门在外的"常识",但还是免不了疏忽大意。

有一次,我在国外的一家旅馆里住下的时候,发现自己没有带梳子,那会儿已经是当地时间晚上十一点多钟了。平时看起来根本不算什么的小事现在却成了难题。借梳子是根本不可能的事。用手指头梳梳吧,可怎么也梳不好。头发乱七八糟的,煞是难看,明天早晨是要见人的!正在"绝望"的时候,我突然想起了几十年前那件用手指头刷牙的事情。那个同学好像正在看着我说:"想办法呀!"

我看到了装牙膏的纸盒,心里跳出了个主意!我找出随身带的小剪子在牙膏盒上剪了起来,我给自己剪了个纸梳子。当上面出现了五个齿的时候,我在头上试了试,居然管用!那天晚上,我为自己的"聪明才智"兴奋了好长时间。牙刷和梳子的事情真是小得不能再小了,但它让我想到,有许多困难不是不能克服的,关键是我们有没有克服困难的精神和方法。我们经常夸奖某个人的生活能力很强,可是这种能力绝不是与生俱来的,它是需要锻炼和培养的。

中国有句老话,叫作:"能干的妈带出懒孩子。"

这句话的意思就是说,妈妈能干,把什么事情都替孩子做了,结果孩子变得无能和懒惰。

每个人的身上都有巨大的潜能。它就像一个丰富而宝贵的矿藏,你只要开发,它就会成为你的能力和才干。

我们要有意识地学会不依赖别人,自己的事情尽自己的最大力量来做,自己遇到的困难尽量自己想办法克服。

我们的一生中要遇到许许多多的事情,也会遇到许多大大小小的困难。有些事情别人可以替你做,而有些事情别人没法儿替你做。有些困难别人可以帮你克服,而有些困难你必须自己勇敢面对。

当你只身一人孤立无援,往日依靠的对象都不在身边,远水解不了近渴的时候,你就只会号啕大哭吗?

我相信你不会!从今天开始锻炼!

第十五个故事　孩子和家庭

有一次,我到一个学校讲课。学校刚刚开完五年级的家长会,校长对我说:"家长也想听听您的讲座。"

我表示同意。

我的面前坐着五年级的女生,一个女同学满脸怒气地看着我。我很吃惊,我还没有开口呢,这个同学为什么这样看着我呢?

我忍不住问她:"同学,你怎么了？有事情吗？"

这个女同学用手往后一指说:"你去问她——"

班主任老师急忙走过来对我说:"张老师您先讲课,她刚才和她的妈妈吵了嘴。"

讲完课,班主任和我讲述了事情的原委。

前几天,学校对学生展开了"孝道"的教育,告诉同学们要尊敬、孝敬父母,回到家里要帮助家长做点力所能及的事情,比如刷碗、打扫卫生。即便是做不了,至少也要对父母嘘寒问暖,给父母沏一杯茶。

昨天,这个女同学下午放了学,给妈妈沏了一杯茶。很凑巧,茶刚沏好,妈妈就下班回来了。

这个女生就说:"喝茶——"

妈妈说:"你让谁喝茶?"

女同学说:"家里就咱们两个人,不叫你喝茶,我叫谁喝茶?"

妈妈说:"你都小学五年级了,还这么不会说话!"

女同学说:"好心让你喝茶,你还说我不会说话。你爱喝不喝!"

妈妈说:"这个茶,今天我就是不喝了!"

刚才的家长会上,女儿和妈妈又争吵起来。

听老师说完,我才明白是这样一回事。

从母女的对话里,我们发现女儿的语言不是很有礼貌。妈妈下班回来,女儿如果说:"妈,辛苦了,请喝茶——"妈妈听了,一定是心花怒放的。女儿一句没有称呼的"喝茶",让妈妈不高兴了。但是我们想一想,女儿这样说话,和家庭的氛围也是有关系的,估计家长平日说话也是这样粗言粗语的。

这让我又想起了一件事情。

那是在一个小礼堂里,我请孩子们复述故事。

第一个孩子复述完了,我突然看见最后排的桌子上站着一个孩子。

一个孩子站在桌子上本身就很让人吃惊,况且那还是个女孩,她站在桌子上举手,非常引人注目,其他同学背对着她看不到,但是我在讲台上可以看到。

我就叫了她,出人意料的是她从上讲台前就开始哭,一直到走到我面前还在哭,我就问她:"你怎么了?"

她说:"您为什么叫别人不叫我?"

我安慰她说:"这不是叫你了吗?那么多同学都没有机会……"她还在哭,一边哭一边在台上讲着故事,显得特别委屈。

我隐约感觉到这个孩子在家庭中可能一直受到娇惯,事事顺心,那一天就是那么一个小小的不顺心——就因为一开始没叫她上来复述故事,在大庭广众之下,她不但可以站到桌子上去,还高高举着手,上台后还在哭泣。

我有些担心,这个孩子将来离开了家人的保护,遇到其他的事情可怎么处理呢?

后来我问了问学校老师,听说这个女孩的爷爷果然平日里对孙女特别宠爱。

最近，我见到了一位家长。

那是一场比赛结束后的颁奖会上。我为获得银奖的小学生颁完奖走下来，看见一个女士在用力拍台前的桌子，一连拍了四下，桌子前面站着颁奖会的组织者。我第一个反应是这个人在开玩笑，第二个反应是，这样使劲拍，手多疼啊。

我忍不住走到她跟前。当她转过来的时候，我看见了她愤怒的脸。会务组的人告诉我，她为她的女儿没有得冠军而拍桌子——认为评委会不公正。我忍不住问了一句："她的女儿什么奖都没得吗？"

会务组的人说："她女儿得的是第三名，她说她的女儿向来都是第一的！"

我不太明白这个家长的心态，不论女儿是不是那么优秀，也不论评委是不是有失误，大庭广众之下，拍桌子是很不应该的。女儿就在场，这对女儿的成长是很不利的。这样的娇惯，不是爱自己的孩子，而是害自己的孩子呀！

经典重读

关心与尊重之间

我有两只耳朵,一只耳朵经常听到少男少女的声音,另一只耳朵经常听到少男少女的爸爸妈妈的声音。

男孩愤怒地说:"你们为什么偷看我的日记?"

爸爸妈妈无可奈何地说:"我们想知道你在想什么。"

"为什么不当面问我?"

"你自从上中学以后,什么话都不跟爸爸妈妈说了。"

"你们为什么不尊重我?这是我个人的秘密!"

"我们是关心你,知道你在想什么,我们好帮助你……"

"用这种卑鄙的方式帮助我?!"

"怎么是卑鄙的方式呢?我们全是为你好!你如果不是我们的儿子,花钱雇我们,我们也不愿意看!"

"你们懂不懂得尊重人?这是我个人的隐私,你们没有这个权利!"

"万一你要是学坏了怎么办?"爸爸妈妈心里想着:儿子是不是谈恋爱了;是不是在和坏人来往;是不是看了黄色的书籍和影视;是不是有什么悲观情绪,甚至自杀的念头……

"你们为什么把我想得那么坏?"

"我们只是担心……现在社会那么复杂……到了那个时候,一切都晚了……"

儿子要去撕自己的日记。

爸爸阻止他说:"我们偷看你的日记是不对,但你要理解爸爸妈妈的心情……"

这是一段关于日记的比较"平和"的争论,还不算是最激烈的。虽然家长和家长的素质不一样,孩子和孩子的情况也不一样,但几乎所有偷看过孩子日记的家长都明白,这是一件不太光明正大的事情,否则为什么叫"偷"看呢?有所不同的是家长的态度。有的家长以为孩子是自己生的,是自己养大的,孩子的一切都来源于自己,因此孩子也不应该有独立于自己之外的秘密和权利。偷看不是什么不好的事情,之所以"偷"看,是因为孩子不愿意让看罢了。有些家长明知不对,认为这是对孩子人格自尊的伤害,可是他们太担心自己的孩子了,只是"万般无奈"……于是一种很尴尬的事与愿违的场面就经常在家庭里出现。爸爸妈妈出于好心,而孩子们却是决不领情,不但不领情,还非常"逆反"。

矛盾不光表现在日记事件上。孩子们有他们自己的想法——

我们不但恼怒大人偷看我们的日记,我们还气愤他们限制我们交友(无论同性还是异性朋友)。我们厌倦父母无休止地督促我们学习,我们还害怕他们唠叨起来没完没了,其实我们什么也听不进去。

我们盼望,当我们考试成绩不好,惴惴不安地看着家长的脸色,不想说又不敢不说的时候,父母慈祥地摸着我们的头,安慰我们:"不要难过,不要灰心,找出失败的原因,下次会考好的……"

我们盼望,当我们的心理和生理正在成熟或已经成熟的时候,我们好奇,我们惊恐,我们以为做了什么坏事或者得了什么病,我们正在黑暗中苦苦摸索的时候,爸爸妈妈或老师像朋友一样地坐在身边告诉我们这是怎么回事或者给我们一本书……

我们盼望,当我们遇到挫折和困难的时候,家长不是埋怨和指责,而是在我们心灵被黑暗包围的时候,为我们点亮一盏指路的明灯……

我们盼望理解,我们盼望多一些自由,少一些限制;我们盼望友谊,我们盼望公平,我们盼望引导……

我们的这些盼望是与生俱来的,是自然而然的,是合情合理的。但是,我们在成长的过程中渐渐发现我们的这些盼望不是都能变成现实的。有时它不但不能变成现实,还事与愿违:渴望理解却遭到嘲笑,渴望友谊却受到冷遇,渴望公平却无人理睬,渴望引导却被训斥……

然而,孩子们,我们在盼望的时候,是不是也能想想我们的父母在想什么呢?他们以他们多年的生活经验来教导我们,这对我们是多么的可贵和必要哇!同时,我们要明白,家长也是凡人而不是圣人,而我们自己,虽然年龄小,阅历少,但我们也是有思考能力和责任心的人哪!

能遇上一个既有爱心又懂得如何关心和教育子女的家长,那是孩子莫大的幸福。能遇到一个既有爱心和责任感又懂得循循善诱的老师,那也是孩子最大的幸运。但如果我们没有遇到这样的家长和老师呢?面对教育的失误,怨天尤人,或者以眼还眼、以牙还牙,都是不理智的做法。对待家长和老师,我们更应该理解和宽容。

教育者与被教育者从来都不是对立的,两者共同的努力才形成了教育的结果。否则,为什么在同一个班集体里的学生们会有那么大的差异呢?为什么生长在同一个家庭里的兄弟姐妹会有那么大的差异呢?

我们不要娇惯自己,我们不要把别人正常的批评(包括正确的和不正确的)都当成指责和打击。我们要原谅误会,要容许别人犯错误(包括老师和家长)。我们要学会忍受委屈,要增强我们对生活的承受能力。

如果我是上文说到的那个男同学,我会说:"你们偷看我的日记是不对的,但是,我原谅你们。将来如果我有了孩子,我不会偷看他的日记……"

第十六个故事　伤心的老师

一位校长给我讲了一件事情,我记录下来,看看同学们是怎么看待的。

为了让学生增长见识,放暑假之前,校长为学生组织了一次到"新马泰"的游览活动。出国旅游相比于国内旅游,有两个因素必须摆在首位:一个是安全,另一个就是钱。

花几千元钱到外国开开眼界,对有的家庭来讲很困难,对有的家庭来讲可能就不算什么。校长于是决定采取学生自愿报名、学校负责组织的形式。几十个同学报了名。

那家旅游公司有项优惠政策,组团人数每满二十人,可以免费再提供一个名额。校长认为,带队老师很辛苦,而且还要对学生的安全负责,于是这个名额就给了带队的老师。学校里一位年轻的男老师就和二十个学生组成了一个团。

这个团里的几个男生不知道从什么地方知道了旅游公司的这项优惠政策,于是对这个老师颇有微词,认为这个老师沾了他们的光。开始他们还是悄悄地议论,到了出发前夕,全团的同学都知道了跟他们一起来的老师是"蹭吃蹭喝"的人,只有这位老师不知道同学们对他的议论。

可是一路上,他看到同学们异样的眼光,明显地感到他和学生之间有一道无形的墙……再到后来,有些男同学则对老师公开地顶撞。等老师明白了事情的原委,他感到十二分的寒心。如果他是个陌生人,大家的议论他还可以理解,可是这些朝夕相处的同学怎么能对一个辛辛苦苦教育他们的老师这样无情呢?况且即使不要那个名额,每个人的费用也不会因此而减少哇!可是这一切,说不清,道不明。他觉得他的尊严受到了极大的伤害,他知道自己在那些同学的眼里,是一个占别人便宜的人……

回国的前一天,他拿出 4500 元钱——那是一个学生这次旅游花费的总额,除以 21,每份约等于 214.29 元。因为没有那么多的零钱,他在每一个信封里放了 214.30 元。把信封交到每个同学手里以后,他把算式念了一遍,然后说:"祝贺你们在这次旅游中看到许多异国他乡的风景……"

开始,几个女同学还推辞了一下。最后,大家都接受了。

回到学校之后,那个男老师要求调到另外一所学校去工作。

校长和我讲完了这件事情以后,感慨地说:"现在的学生,家长不愿意管,老师不敢管。我们那位老师还算是敢于管理的老师,调走之前,他对我说,他忽然觉得和学生之间变得很陌生……"

听完了这件事,我一时不知说什么好,但不由得想起了"兔子定理"——

两只兔子团结合作种了一片萝卜,收获的时候却发生了矛盾,原因是每只兔子都觉得自己分得的那一堆少。有人教给它们一个公平的方法:由一只兔子来分,而由另一只兔子先挑……于是一只兔子就仔仔细细地分,因为它生怕一堆多,一堆少,另一只兔子就会把多的挑走……结果,两只兔子都无话可说。这就是公平的分配方法,也就是所谓的"兔子定理"。但是第二年,它们不再团结合作了,因为它们都认为对方是小气鬼……

几乎人人都希望公平,几乎人人也都渴望友情。但在实际生活中,真正的公平可能成为友情的朋友,而表面的

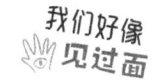

公平却可以成为友情的敌人。

我特别希望大家能够讨论一下，上文提到的这件事情，我们应该怎样处理？

经典重读

做个有眼泪的男人

我小的时候很爱哭。上幼儿园的时候,老师对我的母亲说:这孩子本来是可以得第一名的,因为太爱哭了,所以只能得第三名。上小学二年级的时候,有一天,班主任说,所有年满九周岁的同学放学以后留下。按当时的规定,九岁的孩子才可以加入少先队。我心想,这一定是关于入队的事情。可那年我只有八岁,但我特想入队戴红领巾,于是我也默默地留下了。果然不出所料,老师讲的就是关于入队的事情。大家都走了,老师把我一个人留下了,她问我今年几岁。还没等她说完,我就大哭起来……这样的情况很多。我恨自己一个男孩动不动就哭,多丢人哪！以后,每次遇到想哭的时候,我就咬住牙,不让眼泪掉下来。可是不怎么管用,就好像我泪水的闸门控制在一个软弱的小姑娘手里一样。

上了中学,上了大学,我当然不像以前那样爱哭了。如果实在伤心,就找一个没有人的地方哭,为的是不要让人看到。不过,眼泪的确越来越少了。

我一直认为一个男人爱流泪是软弱的表现。虽然也听到过"男儿有泪不轻弹,只缘未到伤心处""无情未必真豪杰"之类的话,但我还是时时警诫自己。"千万别掉眼泪"成了积在胸中的一块"心病"。

一件偶然的事情改变了我的看法。

十几年前,我和一个朋友一起参加电影《焦裕禄》的首映式。我被焦裕禄那无私奉献的精神和群众对他的爱戴所感动,眼泪无声地顺着脸颊流淌下来。我不敢去擦,怕被这个非常"男子汉"的朋友看见,被说"眼窝浅",不像个男人。如果那样,我多"掉价"呀!

电影演完了,我趁着朋友走在我前面的机会,抹了一把脸。走到大门口的时候,我的朋友突然回过头来,拍着我的肩膀很动情地对我说:"我没有交错你这个朋友,我看见你哭了……"他的话让我感到震动和欣慰。这是我有生以来,第一次因为流眼泪受到表扬。

我还是有些脸红地说:"不好意思,你就没流眼泪……"

他微笑了一下,说:"我也流眼泪了,你没看见就是了……"

他的话一下子把我们拉近了。我们共同为一件事感动,心灵仿佛也贴得更紧了。

我的一个朋友在一所中学里当副校长。有一年高考前夕,一个教高三数学的老师突然病倒了,检查的结果是她得了癌症。当我的朋友在一个班上很沉痛地宣布这件事的时候,大家都很难过,可是有一个男同学却冷冷地说:"早不病,晚不病,怎么这个时候病啊!我们的数学怎么办……"我的朋友当即严厉地批评了他。

我为这个同学冷漠的反应而感到震惊。当一个朝夕相处的老师病倒了,他不但没有丝毫的同情和难过,反而口出怨言。情理何在?

我强烈地感到,一个不会流泪的人是很危险的,别人是不会和这样的人交朋友的!他也不会有真正的朋友。

现在,我依然为小的时候动不动就哭感到脸红,男人不应该为一点儿小事就落泪。可是,当我们看到祖国和人民蒙受耻辱的时候;当我们看到自己的亲人、老师和朋友身患重病的时候;当我们看到善良的人遭受苦难的时候;当我们看到一个人为正义的事业而献身的时候……我们能无动于衷吗?

一个情感冷漠、麻木不仁的男人不是什么硬汉,而是一个自私的人,是一个可鄙的人,是一块没有生命的石头。

第十七个故事　形容词的启示

有一年我到一所中学做活动。

我给四个班的同学讲课,讲完了就到操场上和同学们照相。就在这个时候,我看见不远的地方,另一个人也在和同学们照相。我仔细一看,那是我的老朋友——科普作家、极地科考专家位梦华老师呀!他刚刚为另外四个班的同学讲完课。

中午吃饭的时候,我对主办这次活动的人说:"请一位作家不容易,你可以今天上午让八个班的同学听一位作家讲课,下午或者明天再请另一位作家给八个班的同学讲课。这样同学们的收获不是多了一倍吗?今天我们两位都来讲课,每个人只给四个班的同学讲。这不是浪费资源吗?"

主办活动的人想了想,有些恍然大悟的样子说:"也是呀——"

有一次,因为学校的疏忽,阴错阳差地把两位作家请到了同一所学校,一位男作家,一位女作家。他们都是非常优秀的作家,平时也认识,现在在同一所学校里以这样的形式碰头,是万万没有想到的。

既然来了,就一起与孩子座谈吧。作家很放松也很豁达。

不料,孩子们提出一个问题:"请问老师,写文章多用形容词好还是少用形容词好?"

又想不到,两位作家的答案不一样——男作家认为多用好,女作家认为少用好。

讲座的大厅里顿时热闹起来。在平日,同学们只能听到一个答案,而现在却同时听到两个答案,而且是两个著名的大作家说出来的。正是因为两个答案的不同,同学们的思想空前地活跃起来。讨论成为会场上最大的声音……

校长走到台上来,他对同学们说:"一个只会死记硬背的学生、一个只会人云亦云的学生、一个不会独立思考的学生是不会有太大出息的。只有会思索、会思考的学生才能成为优秀的人才。怎么样才能让大家开动脑筋、养成思考的习惯呢？我们经常需要有不同的声音。有不同的声音，才会引发人的思索……今天，我们非常感谢两位作家老师能到我们学校来，同时感谢他们能够在同学们面前各抒己见，让大家看到大作家也有不同的写作经验。他们的答案让我们不由得动脑思考。不要说你们，就是我这个当校长的也在想，写文章的时候，是多用形容词好，还是少用形容词好？"

当我听说这件事的时候，我很佩服两位大作家，更钦佩这位校长。多希望有更多这样的校长啊！

经典重读

作家来了

一

世界读书日的那天，徐弯弯没有参加全班的列队欢迎，她早早就候在会议室了。现在，徐弯弯正在会议室里履行倒茶水的职责。她七点半就来了，把已经收拾过的桌椅板凳又擦了一遍。

外面的消息她都不知道。同学们还站在大门口吧？学校篮球馆兼大礼堂已经坐满了人吧？

在会议室，校长看见徐弯弯的时候，开玩笑地说："怎么样？查理九世！"

徐弯弯有点儿不好意思地微笑着："校长好！"

会议室的挂钟显示已经八点整了。

会议室的门终于开了。女作家孟珊珊在校长的引领下走进来，徐弯弯马上迎上去给她倒茶。女作家说不用了，她自己带着保温杯，兑点热水就可以了。

徐弯弯第一次见到作家孟珊珊，发现她长得那么美。在徐弯弯的心目中，漂亮的女孩学习成绩都是一般的，可学习一般怎么能当作家呢？今天看见孟珊珊，徐弯弯有点儿惊讶。

她把兑了热水的杯子递给女作家，女作家微笑着很客气地说了谢谢，还用手摸摸她的头。徐弯弯很激动，想当时要有人拍照就好了，当然她不好意思说出来。

校长说："孟作家辛苦了，能到我们这里来是我们的荣幸，我先替孩子们谢谢您……"

"应该的，您别客气……我们一会儿在操场上讲还是在礼堂里讲？"孟作家问。

会议室的门忽然又开了。副校长领着一位中年男人

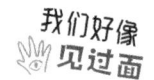

走进会议室,一进门就对校长说:"校长,这就是著名作家于大为。"

校长急忙站起来:"啊啊,请坐——"

副校长又转身对于作家说:"这就是我们梁校长——"

戏剧性的场面出现了。

副校长看见了坐在那里的孟作家,于作家也发现了孟作家,孟作家也看见了于作家。

"呀——你怎么在这儿?"两位作家不约而同地叫起来。

徐弯弯看看大家的表情,明白好像出了点意外。

徐弯弯及时地请于作家坐下,给他也沏了茶。

校长和副校长有些尴尬,他们一边朝作家微笑一边小声地耳语了一阵。

原因还不清楚,但结果是很明白的,两位作家同时来到了一所学校,这不是学校的有意安排,而是一个误会。这可怎么办?徐弯弯的心一下子跳到了嗓子眼儿。

耳语完了,校长说:"今天我们学校有这么大的福气,一下子来了两位大师级的作家,放在平时请一位也是求之不得呀!非常抱歉,书店把你们两位安排在同一所学校了,也怪我们工作马虎——一个电话是给我的,一个是给副校长的。要命的是我们两个以为是同一位作家,万万没有想到……"

于大为作家伸出手:"校长,别说了,不是什么大事……就让孟珊珊去见学生吧……"

"太抱歉了,太抱歉了,我们太失礼了……"校长很诚恳地道歉。

孟珊珊作家微笑着说:"我和于大为不但认识,而且是熟人,大为,咱们既然来了,就一起去和同学见面,怎么样?"

于作家笑了:"我还怕你不愿意呢!和你同台是我的荣幸!"

校长脸上露出了笑容。

听见他们说的话,徐弯弯从心里佩服,紧张的心情也放松了。但是她马上就着急起来,两位嘉宾一起上台会有很多问题的。原来是给一个人献花,现在要给两个人献花;原来要给一个人戴红领巾,现在要给两个人戴红领巾……

要命的是今天献花的是顾小娟,献红领巾的是下白。到了那个时候,他们俩可怎么办哪?

徐弯弯想把校长叫到外面说几句,可是她不敢。急中生智,徐弯弯写了张小纸条放到校长的眼前——

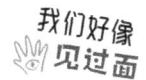

"两个作家一束鲜花,一条红领巾!!!"

校长的眼睛瞪圆了,在纸条上写道:"马上去找方老师。"

"来不及了——"徐弯弯写道。

校长急了,拉着徐弯弯走到屋外。

孟作家和于作家微笑地看着校长和那个小女孩神神秘秘的样子。

来到门外,校长说:"你有什么办法?"

"去买花已经来不及了,只有一个办法……"

"快说——"

"一分为二!"

"那样多寒碜哪,不如不送!"

"我们会做好的!您放心!"

校长惊讶地看着眼前这小女孩一副胸有成竹的样子。于是他也童心十足地说:"好吧!红领巾呢?"

"先用我的!"

"好,我致欢迎词,你的花准备好了就朝我挥一下手。"

徐弯弯点点头,校长的目光让她信心百倍。

徐弯弯重新走进会议室,从笔筒里拿了一把小剪子走出门去。

二

校长引领着孟作家和于作家一起出现在台上。全场同学热烈地鼓掌。

校长环顾四周,没有看见徐弯弯,也没有看见手捧红领巾和鲜花的同学,心里不免有些着急。

担任今天主持的是大队辅导员刘老师,看见同时来了两位作家,她也有些意外。

校长小声对她说了一句话:"来了两位作家,见机行事!我先发言!"

刘老师点点头:"同学们,'世界读书日,我们读好书'大会开始,我们先请校长讲话。"

校长首先站起来,朝两位作家鞠了一个躬,然后坐下,整理了一下话筒,咳嗽了一下——他这是在拖延时间。

"今天,我们学校显得格外漂亮,我们的篮球馆也显得非常明亮……"校长说到这里,忽然看见徐弯弯和另外两个同学从门口跑进来,一眼看见了两大束鲜花抱在他们怀里……

校长的心一下子踏实了。

他继续说:"为什么呢?因为今天我们学校来了两位

著名的作家,一位是孟珊珊阿姨,一位是于大为叔叔,让我们对他们的到来表示热烈的欢迎。"

会场又一次掌声雷动。

徐弯弯站在台下,举着花束朝校长挥了挥。

校长大声说:"请同学们为作家献花,献上红领巾。"

卞白和顾小娟走上台来,他们每个人捧着一条红领巾。徐弯弯手里抱着两束花,跟在后面也上了台。卞白和顾小娟走到作家跟前,为作家戴上红领巾。然后转身从徐弯弯手里取过花束。徐弯弯默默地走下台,校长心里暗暗给徐弯弯鼓掌,那么得体,那么完美!

在孩子们献花的时候,校长特意看了看那鲜花的模样。徐弯弯怎么就神奇地把花变多了一倍呢?仔细一看,校长发现这花的叶子特别多,颜色碧绿碧绿的,与花搭配得很协调,最奇特的是叶子都不大,每一片都是桃心的模样,这肯定是学校的树叶子,但这是什么树的叶子,校长一时也说不清楚。

孟作家接过鲜花,还放在鼻子底下闻了闻。

徐弯弯心里非常高兴。她剪下的是还带着嫩茎的杨树叶子,那叶子太大,不好看,她用剪刀把每片叶子都剪成了桃心的模样。这是一个窍门,她跟妈妈学的。

梁校长说:"下面我就把话筒、把这个讲台交给我们的两位作家!"

掌声中,校长走下台,坐在第一排的座位上,看见徐弯弯站在那里,他拍拍徐弯弯的肩膀:"好孩子,就坐在这里吧!"

孟作家讲话了。

"谢谢梁校长,谢谢同学们!今天我们两个一起来和同学们见面,同学们提问题,我们回答。我们就开个座谈会好不好?"

"好——"同学们愉快地响应。

准备好问题的同学还没有举手,他们是学校安排的机动力量——实在没有人举手的时候,他们会挺身而出,这样不会冷场。李见吉面带微笑地坐在那里,心中有种"潜伏"的快感!

一个四年级的男生站起来:"孟老师,我的作文写不好,您有什么诀窍吗?"

孟作家点点头,回答了一番。

一个三年级的小胖子提问了:"孟作家,我的作文总没的写,怎么办?"

孟作家点点头,又回答了一番。

又一个五年级的女生问:"孟阿姨、于叔叔,我一写作文脑子里就一片空白,怎么办?"

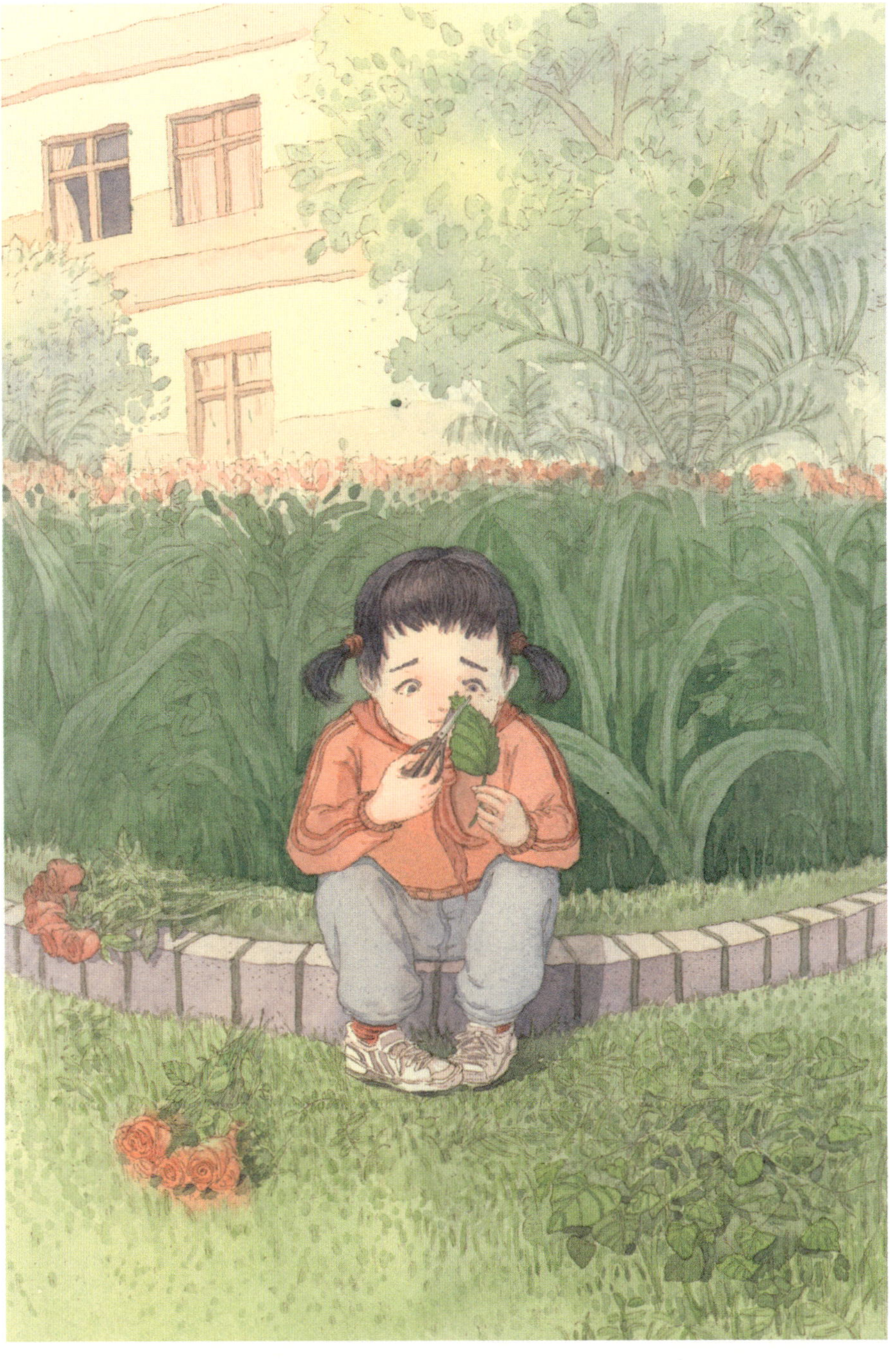

孟作家和于作家互相看看,于作家做了个您先请的手势。

孟作家说:"同学们,今天是世界读书日,可是大家问的都是作文的问题。读书是和作文有关系,但读书也不光是为了把作文写好。我不是不愿意回答这些问题,可是你们不能都问同一个问题呀,能不能也问点别的?比如这个问题,大家能不能问得再具体一些……"

会场暂时没有了声音。

校长特意回转身体,朝后面看了一下。

李见吉举手发言了:"请问孟老师,也请问于老师,写作文的时候是多用形容词好呢,还是少用形容词好呢?"

"那要看文章需不需要,合适就好!"孟作家说。

于作家赞同地点点头。

李见吉好像不满足于这个回答,他接着问:"如果我问你们是吃咸一点儿好呢还是淡一些好呢,你们一定会回答'合适就好',可是这样做饭的就为难了。因为有的人口味偏咸,有的人口味偏淡。作家的风格不一样,是不是咸淡也不一样啊?怎么叫合适呀?"

听完李见吉的问题,两位作家愣住了,倒不是题目有多难,关键是一个六年级的小学生问出这样的问题有点儿让人吃惊,如今的孩子可真不可小看。

校长看看李见吉,他为有人提出这样高水平的问题而暗暗高兴。徐弯弯看看李见吉,她以前以为李见吉就是一个不学无术的家伙,今天听他问的问题,还是有些深度的。

于作家说:"这个同学既然这么问,我就说我个人的看法,我希望你多用点形容词,把文章写得华丽一些。"

"孟老师也这样看吗?"李见吉有点儿穷追猛打。

"我认为小学生初学写作的时候,少用那些形容词,文章朴实一些为好。这是我的观点。"孟作家微笑着说。

虽然是微笑,但两位作家的观点截然不同。会场上立刻活跃起来,许多同学听惯了标准答案,看到现在两位老师居然产生了不同意见,很不习惯。嗡嗡嗡的声音越来越大。

校长有点儿担心,可又不知道怎么办。这时候他看见坐在身边的徐弯弯。

"徐弯弯,你提个问题,不要总说作文,新鲜点更好!"校长小声说。

徐弯弯点点头,站起来:"孟作家您好!我想问您一个问题……您上小学的时候,喜欢过男同学吗?"

会场的空气一下子凝固了。有些同学想笑,可是不知道这个时候该不该笑,忍住了。唰的一下,整个会场安静了,没有一点儿声音。

校长愣住了,弯弯的班主任方老师也愣住了,台上的两位作家也愣住了。他们倒不是怕这样的问题,只是他们没有想到一个小女生会在大庭广众之下提这个问题。

话一出口,徐弯弯就有点儿后悔了,她没有想到会场会有这样的反应。唉!这个问题有点儿不过脑子,有点儿愚蠢。真是鬼使神差。

做主持的刘老师连连摆手说:"其他同学还有什么问题?"看样子他是想把徐弯弯的这个问题忽略掉。

还没有等他说完,女作家就回答了:"刚才这个同学问的问题让我想起了一件事情。我上小学的时候,大约是五年级,有一次一个专家给我们做报告,我问了一个同样的问题。会后,我受到了批评,老师认为我胡思乱想,因为这个问题根本不应该是一个小学生问的……"

听见有人深呼吸,听见有人咳嗽,就是没听见有人说话。

女作家笑了:"我上小学的时候,曾经对一个男生有好感,喜欢和他在一起。有些高年级的同学,对异性的同学有好感,我认为这是正常的。这是一种纯真的情感。"

不知为什么,有的同学鼓起掌,接着许多同学也跟着鼓掌。会场忽然变得非常活跃,许多同学举起了手。

徐弯弯长长地松了一口气。接下来作家说的什么,同学们再提什么问题,她的印象都不深了,她心里就像有只小兔子。因为她有点儿担心,校长会不会批评她?方老师会不会批评她?

四

活动结束以后,方老师对徐弯弯说:"一会儿到我办公室来一趟。"

徐弯弯想起了同学范大鹏的遭遇,有一天全校大扫除,范大鹏劳动非常卖力,做出了很多贡献。结束劳动的时候他和一个同学发生争吵,他骂了人!

开总结会的时候,方老师说,范大鹏同学今天有许多功劳,但是他骂人说脏话,十大功劳,一笔勾销!

今天,徐弯弯也非常卖力,她倒茶水,她把鲜花一分为二,她贡献自己的红领巾,她甘当无名英雄……没承想,可能太激动了,给孟作家提了那样的问题。弄不好,大家还以为她喜欢哪个男同学呢……

方老师叫她到办公室来,会不会也说"十大功劳,一笔勾销"?

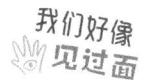

她怀着惴惴不安的心情来到了方老师的办公室。

方老师拿出一本书对徐弯弯说:"这是孟作家让我送给你的……"

徐弯弯心头一热,打开那本书,只见扉页上写着:

送给徐弯弯同学,你是个可爱的孩子!

那一刻,徐弯弯特别感动,她打心眼儿里喜欢孟珊珊作家,她对作文忽然产生了兴趣,她决心要认真对待作文,把作文写好,长大也当一个孟老师那样的作家。

抬头看见方老师正在看着她,徐弯弯急忙问:"方老师,还有别的事情吗?"

"没有了……"

"真没有了?"

"你非要问,我就给你透露一点儿,梁校长说明天课间操的时候还要表扬你呢!"

表扬什么? 徐弯弯不好意思再问了。

后　记

十几年来,我去过许多所中小学,获得了知识,获得了灵感,还获得了温暖和友情。

十几年过去了,时代在前进,许多事情也在发生着变化。校园也不例外。

学生们比以前富裕了。

有一次,我和一个学校选出来的小记者团座谈。我看见一个小学生戴的手表,忍不住问他,这表多少钱?他告诉我,这是"小天才"第三代,九百多块钱。

哇!这么贵呀?

他指指周围,我发现不少学生都戴着这种表。孩子说:"老师,这不是最贵的呀!我妈妈两天可以挣一千块。"

我愣了一下,我吃惊的不是他妈妈挣钱多少,我奇怪的是一个小学生公开地自豪地谈钱。

另一个女生说:"我现在挣点零花钱可难了!"

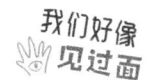

"你怎么挣零花钱哪?"我问。

"我考试得一百,才能挣五十块钱哪!"

孩子更有个性了。

我去一个学校,本来是给整个四年级的学生讲课。一个五年级的女生为此专门给校长写了一封信,大意是说她也有听课的愿望和权利。校长很开明,把信交给四年级的年级组长老师,请他们决定。于是,在我讲课的会场里,除了四年级的学生,还有一名五年级的同学听课。在我讲完课之后,这个女生走到我的面前说:"张老师,我就是那个给校长写了信来听课的唯一的五年级同学。"

兄弟姐妹多起来了。

前几年政府出台了新政策,从"计划生育"变成了"开放二胎"。我就遇到了"新鲜事"。上下学接送孩子的家长比以前"负担"重了,因为他们还要背着或者抱着一个小的来学校接送上学的孩子。有一次,我在操场上讲课,不知道为什么,后面多了些家长,怀里还抱着小小孩儿。讲座结束了,家长们带着小学生、抱着小小孩儿站在我旁边照相,还说要沾沾"书香气"。我好奇地问,哪个是他的孩子,他回答我站着的是老二,抱着的是老三。

"你还有老大?"

她自豪地笑着说:"老大已经上初一了。"

十几年来,走进校园,和孩子们在一起,我是幸福的,我是快乐的。感谢老师们,感谢同学们,感谢他们给了我一支笔,让我把我的希望、我的收获写出来。

2017 年 8 月 20 日第一稿

2018 年 2 月 20 日第二稿